애인처럼 사랑스런 크기
밥 사랑하듯 책 사랑을!

포켓 스마트 북 ⑫

사과나무울타리

울타리글벗문학회 편

도서출판 한글

보기보다 실용적인 내용

포켓 스마트 북 ⑫

사과나무 울타리

2024년 11월 25일 1판 1쇄 인쇄
2024년 11월 30일 1판 1쇄 발행
편   자 울타리글벗문학회
기   획 이상열
편집고문 김소엽 엄기원 이진호 김무정
편집위원 김홍성 이병희 최용학 최강일
발 행 인 심혁창
주   간 현의섭
교   열 송재덕
디 자 인 박성덕
인   쇄 김영배
관   리 정연웅
마 케 팅 정기영
펴 낸 곳 도서출판 한글
우편 04116
서울특별시 마포구 신촌로 270(아현동) 수창빌딩 903호
☎ 02-363-0301 / FAX 362-8635
E-mail : simsazang@daum.net
창   업 1980. 2. 20.
이전신고 제2018-000182
* 파본은 교환해 드립니다.
* 정가 7,000원
* 국민은행(019-25-0007-151 도서출판한글 심혁창)

ISBN 97889-7073-640-2-12810

머리말

스마트폰과 스마트 북의 하모니

이 포켓 스마트 북『울타리』는 정기 간행물이 아닌 휴대 간편한 포켓북입니다. 지금까지는 '스마트폰' 때문에 종이책 독자가 줄어서 출판문화가 무너진다고 비명을 질렀습니다만―

스마트폰은 독서 인구 개발의 가이드

세계적으로 책 안 읽는 국민이 우리라고 했는데!

지금은 세계에서 스마트폰을 가장 많이 읽는 국민이 우리가 아닌가 합니다. 전 국민이 폰에서 만화, 게임, 문학작품, 각종정보를 읽는데 그 중 50%는 문학작품과 실용문 독자입니다.

스마트폰에서 독서의 즐거움에 길들면 종이책으로 눈을 돌릴 것입니다. 독서인구 계발의 가이드가 될 스마트폰의 공로를 기대합니다. 전파정보는 바람 같고 구름 같아 한번 지나가면 그만입니다. 그래서 스마트 북은 전파를 타고 흐르는 보석 같은 작품과 정보를 채집하여 종이책에 모십니다.

이 책을 읽으신 후 가까운 분한테 돌려주시면

우정과 권독의 선물이 될 것입니다.

울타리를 사랑하고 후원해 주시는 독자님들께 감사드립니다.

한국출판문화수호 지킴이

발행인 심혁창

목 차

전철에서 만난 별 같은 독자들

나는 전철에서 책 읽는 사람을 찾는다. 주로 경로석 쪽에 얌전한 독자들이 전철 칸과 칸 사이 경로석 벽에 기대어 책 읽는 분이 많다. 독자에게 무례한 줄 알면서도 말을 건넨다.

"죄송합니다만 책 표지 좀 촬영할 수 있을까요?"

그러면 100% 허락하고 책 표지를 펼쳐준다. 그러면 한 수 더 떠서 지금 읽고 계신 본문 두 페이지만 촬영하게 해 달라고 하면 역시 웃으며 본문을 펼쳐 보여준다. 책 읽는 사람은 거의 곱고 착한 인상이다. 내가 만난 분들의 책을 매호 소개한다. 그분들이 읽는 책은 모두가 건전하고 수준 있는 양서였다.

독자와 책을 만나 표지를 찍고, 금방 읽고 있는 2쪽을 촬영하여 그 대목을 읽어보면 신기하게도 그 책 주제의 핵심이 정리된 듯한 내용들이었다. 여기서 유심히 검토 바람.

(전철에서 만난 독자와 만남의 제목을 전철맨으로 함)

(전철에서 만나 양해해 주신 분들께 감사드립니다)

고명환 지음

『고전이 답했다』

2024.10.18일 오전 7시 45분 1호선 전철 경로석 앞에서 60대로 보이는 차분한 독자를 만났다. 그분한테 양해를 구하고 표지 사진 좀 찍게 해 주실래요? 하니 쾌히 허락하여 본문 두 쪽까지 촬영하고 감사표시로 〈복숭아울타리〉를 드렸다. 그분은 읽던 책을 가방에 넣고 울타리를 꼼꼼히 읽으셨다.

그렇게 차분히 읽는 모습이 얼마나 고마웠는지 모른다. 내리면서 고맙다고 인사하며 무슨 일을 하시나요? 했더니 '작은 회사 다닙니다.' 하면서 나를 보고 '심혁창씨입니까?' 했다. 네 하고 바로 차에서 내렸다.

내 이름을 책에서 보고 기억하신 기억력이 놀라웠다.

그런데 아침에 통장 정리를 하다 보니 낯모르는 〈전철맨 드림〉으로 2만원이 입금되었다. / 누구지? 전철맨? 아무튼 이런 경험은 처음이고 놀라웠다. 생각해 보니 그분이 보내신 것 같다. 그런데 누구신지 어디 사시는지도 모르는 분이다. 그분을 만나야 고맙다는 인사라도 드릴 텐데 알 수 없으니 그저 이렇게 감사를 드립니다. 전철맨님 감사합니다.(독자와 책 장르 제목을 연구중이었는데 전철맨이 맘에 들고 고마워서 이 독자와 책 사진을 당겨 올림.)

책 내용 나는 크리스천이다. 교회 다니는 사람들은 안다. 새 신자들이 은혜를 더 많이 받는다는 것을. 새 신자들은 하나님을 소유할 줄 모르기 때문이다. 아무 것도 모르는 새 신자는 그냥 하나님 안에 존재할 뿐이다. 순수하게 품 안에 존재하니 하나님을 만난다. 그러나 시간이 지나고 교회를 오래 다니다 보면 하나님을 소유하려 든다. 소유된 하나님은 존재하는 하나님이 아니라 내가 소유한 가짜 하나님이다. 나의 생각과 개념으로 정지시켜버린 하나님에게 소유하고 싶은 이것저것을 희구한다. 정지된 가짜 하나님에게 이런 소유의 기도를 해봐야 소용없다.

구약성서의 주요 주제의 하나는 '네가 가지고 있는 것을 떠나라, 모든 속박으로부터 너 자신을 풀어라. 존재하라'이다. 『소유냐 존재냐』 78쪽

불교도 그렇다. 『소유냐 존재냐』에서는 고전불교를 언급하며 욕망을 끊는 것, 자아, 영속하는 물질, 자기완성에의 욕구를 포함한 소유욕을 단념하는 게 중요함을 강조한다. 자기완성에의 욕구까지 내려놓아야 비로소 자기 존재가 완성된다는 말이다.

융이 말한 '진리에 이르는 길은 의도를 갖지 않는 것'과도 일맥상통한다. 교회 안에서 그냥 존재할 때 은혜를 받는다. 뭔가를 바라는 욕망을 가지고 교회를 나가면 진리에 이르지 못한다. 천국에 가겠다는 의도까지 내려놓는 순간, 그 순간부터 천국이 시작된다. 소유냐 존재냐, 두 가지를 완전히 분리해서 생각할 수는 없다.

소유가 무조건 나쁘고 존재가 마냥 좋은 것만도 아니다. 균형, 결국은 균형이다.

처음 『소유냐 존재냐』를 읽었을 때 나는 소유 30퍼센트, 존재 70퍼센트로 살겠다고 결정했었다. 이 책을 다시 읽고 글을 쓰는 지금은 소유 1퍼센트, 존재 99퍼

독자가 울타리를 받아들고
읽는 모습

센트 느낌으로 살고 싶다. (돈을) 많이 가지지 않으려 해야, (자유를) 더 많이 가질 수 있음을 깨달았기 때문이다. 같은 책을 다시 읽어보면 깨닫는 부분이 달라진다. 이미 스스로 그만큼 발전하고 변했기 때문이다. 그런 까닭에 고전은 여러 번 읽어야 한다. 읽을수록 내공이 쌓인다. 사유의 시선이 높아지고 몸값도 높아진다.

소유는 정지된 것이고, 존재는 움직이는 것이다. 독서에서 소유는 암기고 존재는 깨달음이다. 콘텐츠에서 소유는 모방이고, 존재는 창조다. 사람에서 소유는 꼰대고, 존재는 청춘이다.

사랑이 그토록 힘든 이유는 사랑의 본질은 존재인데 사람들은 소유하려 들기 때문이다. 결혼생활이 힘든 이유도 마찬가지다. 한 집에 존재해야 하는데 서로 소유하려 들고 소유 당하는 사람은 시든다. 꽃을 소유하기 위해 땅에서 뿌(안타깝게도 여기까지가 두 쪽 마지막이다. 뒤의 글이 보고 싶다. 편집자)

어쩌다 어른

전철에서 책 읽는 예쁜 아가씨 독자를 만났다. 반가워서 무슨 책을 보시느냐도 물었다. 표지를 보여주며 읽던 내용도 보여 주었다. 사진을 찍고 싶다고 했더니 얼굴은 안 된다면서 웃어주었다. 이렇게 사진을 찍고 '벚꽃 울타리'를 감사 표시로 주었다.

내용 중에서

아무리 조심한다 해도 실패는 찾아오게 마련이다. 나로서는 최선을 다했다고, 하얗게 불태웠다고 생각되는 일에서도 우리는 종종 넘어진다. 취업 준비생이던 시절엔 수많은 회사에서 거절 통보를 받았다. 힘들게 최종 면접까지 올라가 마지막 희망이라 생각했던 회사에서 결국 탈락이라는 이메일을 받은 날. PC방에서 메일을 열어놓은 채 이대로 지구상에서 감쪽같이

11

사라져버리는 방법을 고민했다. 더 이상은 못하겠다. 도대체 나한데 어쩌라고.

인생의 어느 시점에 이르면 확실히 실패할 일이 줄어든다. 정확히 말하면 실패할 만한 일에 도전하지 않게, 때론 도전할 수 없게 된다는 말이 맞겠다. 그렇다고 해서 실패를 완전히 피해 가진 못한다. 최근 회사에서 주관하는 어떤 프로그램에 지원했다가 보기 좋게 떨어진 적이 있다. 지원서를 내기 전, 이것저것 많이도 따졌다.

그리고 계산 끝에 붙을 수 있을 거라 확신하고 도전했는데 결과는 탈락. 그때 생각했던 것 같다. 오랜만에 맛보는 열패감이로구나. 그리고는 정신이 번쩍 들었다. 나에 대한 스스로의 평가와 제3자의 평가는 이렇게도 다르다. 나는 나 자신을 잘 파악하고 있다고 사고 나지 않게 내 인생을 능숙하게 운전하고 있다고 생각했는데 오만이었구나.

스누피와 찰리 브라운이 나오는 만화 〈피너츠〉를 그린 작가 찰스 슐츠(1922-2000)의 인생 테마는 실패였다고 한다. 그의 자서전 『찰리 브라운과 함께한 내 인생』을 읽다가 픽픽 웃음이 터지고 말았는데, 이런 대목에서였다.

어릴 적 극장에서 선착순 500명에게 캔디바를 주겠다고 광고해 줄을 썼는데, 어린 슐츠의 차례가 되자 매표원이 말했다. "미안하구나 캔디바가 떨어졌단다." 그는 501번째로 줄을 선 아이였다.

지도교사 추천을 받은 그림은 교지에 실리지 못했고, 열아홉 아트 스쿨에 진학하자마자 전쟁이 터져 공부를 할 수 없었다. 전쟁이 끝난 다음 빨강머리 소녀와 사랑에 빠졌지만 여자 쪽 부모의 반대로 헤어지고 말았다. 찰리 브라운 시리즈의 첫 연재가 결정된 날 드디어 그녀를 찾아가 청혼을 한다. 하지만 보기 좋게 거절당한다.(매우 흥미 있어서 뒷장이 더 보고 싶었지만……)

아나타니무르자니/ 황근하 역
두려움 없이 당신 자신이 되세요

넘어져서 무릎이 까진 어린아이를 보며 마치 자기 무릎이 까진 것처럼 느낀 적이 있는가? 불안해하거나 괴로워하는 친구와 함께 있을 때 자신도 똑같은 불편함을 느낀 적이 있는가? 특정 사람들의 주변에 있을 때 기운이 빠지는 느낌이 드는가? 많은 사람들 속에 있으면 불안한가? 누군가 진실을 말하고 있지 않을 때 그게 느껴지는가? 누군가의 부탁에 온몸의 세포가 "싫어!"라고 외치는데 "좋아"라고 말한 적이 있는가? "넌 너무 민감해" "너무 감정적이야" "너무 야해"

"너무 신경을 많이 써 같은 말을 들어본 적이 있는가?" "왜 그냥 다른 사람하고 똑같아질 수 없는 거야?"라는 요구를 받아본 적이 있는가?

만일 이 질문들에 "그렇다"고 대답했다면, 당신도 나처럼 또는 내 매일 이야기 나누는 많은 사람들처럼 타인의 생각과 감정, 에너지를 잘 느끼고 흡수하는 매우 민감한 사람 highly sensitive person, 즉 캠퍼스cempath일 가능성이 높다.(머리말 중에서)

캠퍼스들이 세계를 보고 느끼는 방식은 독특하다.

비난과 거부는 우리에게 무엇보다 큰 상처가 된다. 고통을 피하고 주변 사람들과 어울리기 위해 우리는 종종 무리를 해서라도 남들이 우리에게 원한다고 믿는 대로 행동한다.

그 결과 우리는 남의 비위를 맞춰주는 기쁨조people plcaser나 내가 애정 어린 의미로 부르는 이론과 호구가 될 수 있다(이 두 가지 모두 일시적인 것일 뿐 당신은 아니다) 그리고 비웃음을 사거나 괴롭힘을 당하거나 아니면 그게 어울리지 못할 거라는 두려움 때문에 우리의 재능을 숨기고 그렇게 함으로써 우리의 진짜 모습도 숨기다가 결국 자신이 누구인지도 모르게 되어버린다.

나는 우리가 하는 모든 결정과 선택은 우리를 한 발 앞으로, 즉 우리의 가장 진실한 모습을 표현하고 받아들이는 쪽으로 이끌 수도 있고 아니면 한발 뒤로, 즉 자기 자신을 잃어버리고 스스로를 깎아 내리며 결국에는 질병을 얻는 쪽으로 데려갈 수도 있다고 생각 한다.

보도 섀퍼

돈

내가 돈이라는 제목으로 소설을 쓰고 세계의 모든 돈 사진을 총망라하여 컬러로 편집해 놓고 옆 사람한테 "나 책제목을 돈으로 하려는데 어떤가?" 하고 물었더니 한 마디로 "돈"에 미친 사람처럼 그게 무슨 제목이냐 하고 쏘았다.

그래서 다른 친구한테 자문을 청했더니 「도니랑 즐기기」가 좋다고 하여 그 제목으로 책을 발행했더니 깽!

내가 쓴 그 책에는 세계 모든 나라 돈 사진을 한눈에 볼 수 있게 해서 좋은데 친구 말 듣다가 실패했는데 오늘 전철 안에서 나 보란 듯이 「돈」이라는 제목의 책을 읽는 독자를 만났다. 그래서 아가씨 독자에게 양해를 구하고 표지를 촬영했다. 「돈」을 읽는 독자를 보고 섣불리 내가 옆 사람한테 제목을 물어본 것을 후회! 내 소신대로 할 일을 남한테 물어서 죽을 쑤고 후회하지만 돈이라는 책을 보니 또 후회!

이꽃님 장편소설

여름을 한 입 베어 물었더니

전철 성균관대역에서 차에 오른 깔끔한 차림의 꽃네가 내 앞에 와서 책을 펴들었다. 독자님께 양해를 구하고 책 표지와 읽고 있는 본문 사진을 찍게 해달라고 하니 쾌히 허락했다.

책 내용

"그럼 유도는 뭔데?"

내 말에 유찬이 물었다. 어딘지 못마땅하다는 표정이었다. 새별 선배가 바닥으로 고꾸라지고 처박히고 내처져서 온몸이 멍투성이가 되었다는 이야기를 듣고도 그런 질문이 나올 수 있는 건가?

유찬에게 부탁을 했다. 상준 선배 속마음 좀 읽어봐 달라고. 상준 선배가 진짜 훈련을 하는 건지 아니면 새별 선배를 괴롭게 하는 건지, 대체 무슨 마음으로 그러는 건지 알고 싶다고 그랬더니, 유찬은 유도가 원

래 상대를 괴롭히는 거 아니냐고 되물었다

"일방적으로 괴롭히는 건 운동이 아니라 깡패들이
나 하는 싸움이지. 그게 뭐야. 유도는 기술과 힘으로
겨루는 운동이라고. 그래서 체급을 나누고 공정하게
싸우는 거야. 지금 새별 선배는 자기보다 한참 위 체급
에게 일방적으로 당하고 있고."

"당하고 있는 건지 아닌지 네가 어떻게 아는데?"

(중략)

알고 보니 유찬은 유달리 햇빛을 싫어했다. 늘 교실
안에 있거나 체육관 수업이 아니면 체육수업을 듣지도
않았다. 점심시간에는 혼자 그늘에 앉아 할머니가 싸
준 도시락을 먹었다.

"너 뭐 햇빛 알레르기 같은 거 있어?"

"아니 그런 거 없어."

유찬이 퉁명스럽게 대답했다. 나는 그 애 머리카락 위
로 내리쬐던 빛이 사라져 아쉽기만 했는데 유찬은 어딘지
불편해 죽겠다는 표정일 뿐이었다. 아마도 내가 상준 선
배 이야기를 꺼낸 게 못마땅한 모양이었다. 남의 일에 신
경 쓰고 싶지 않다는 거겠지. "어, 됐어 해주기 싫으면 말
아. 근데 주유 말 들어 보면 너랑 새별 선배 꽤나 친했다던
데, 지금은 왜 사이가 틀어진 거야?"

이덕일 역사비평집
성공한 개혁 실패한 개혁

임진왜란을 겪으면서 진관체제의 불합리함을 깨달은 정부는 훈련도감을 설치했는데 포수, 살수, 사수로 편제된 삼수병이 주요 구성원인 연출도감은 급료를 받고 복무하는 직업군인들이었다. 인조반정 후 이괄의 난을 계기로 어영청을 설치했고, 경기 일대의 방위를 위해 총융청을 설치했으며, 정묘호란 뒤에는 남한산성에 수어청을 설치했고 17세기 말에는 수도방위를 위해 금위영을 설치함으로써 군영이 5개나 되었다.

군사 숫자는 늘어나는데 그 비용을 부담해야 할 양민의 수는 줄어드는 모순은 당연히 여러 가지 사회문제를 야기했다. 국방비는 늘어나는데 국방비를 납부할 사람의 숫자는 줄어들었으니 많은 모순이 생기는 것은 불문가지였다.

양역변통론과 특권 양반들의 반대

이는 곧 체제위기이기도 했으므로 이런 모순을 해결하기 위한 방안들이 논의되었는데 이를 양역변통론(良役變通論)이라 한다. 이는 요즘말로 병역제도 개혁론이라 할 것이다. 문제점을 개선하고 국방비 마련을 위한 여러 방안을 강구하는……(중략)

관동(關東) 여섯 도의 1백 34만호 민호중 장호 독호 72만을 제하고 나면 실호는 겨우 62만입니다. 그런데 사부(土夫) 향품(鄕品) 부사(府史) 서도(胥徒) 역자(驛子) 등 양역을 부과할 수 없는 자가 5분의 4나 되기 때문에 양역에 응하는 사람은 단지 10여 만뿐입니다. 이들은 세업도 없고 전토도 없어 모두 남의 전토를 경작하고 있기 때문에 1년에 수확하는 것이 대부분 10석을 넘지 못하는데, 그 가운데 반을 전토의 주인에게 주고 나면 남는 것이 얼마나 되겠습니까? 비록 날마다 매질을 칠 수 있는 계책이 없기 때문에 결국에는 죽지 않으면 도망가게 되는 것입니다.(영조실록」 28년 1월 13일)」

홍계희 보고서는 무려 4/5가 군역에서 면제되고 남의 토지를 경작하고 사는 전호(佃戶)들만 군역을 중복 부담하는 문제점이 잘 담겨 있다. 이를 견디지 못한 농민들이 도망가면 그 가족에게 대신 부담을 실시했고, 한 가족이 모두 도망가면 그 이웃에게 부담지우는 인징(隣徵)을 실시했기 때문에 한 마을이 모두 도망가

마을이 텅 비는 상황이 발생했다. 홍계희는 이것이 양역을 변통시키자는 의논이 있게 된 것입니다 라며 양역변통론에 관한 네 가지 방안을 소개했는데 유포론(游布論) 호포론(戶布論) 구전론(口錢論) 결포론(結布論)이 그것이었다.

고객만족
10배의 법칙

이 같은 기업이 기존 고객의 만족에만 너무 몰두해 공격적으로 사업을 확장하고 새로운 고객을 확보하는 데 실패한다.

고객 만족도는 기업이 공급하는 제품과 서비스가 구매자의 요구를 얼마나 충족시키는지(또는 넘어서는지) 측정하기 위한 서비스 용어다. 이 평가는 충성 고객을 확보하는 브랜드와 고객 또는 브랜드의 차이를 설명하는 핵심 지표일 것이다. 하지만 대상 대부분은 제품을 받기 전에 먼저 나를 고객이 만족할 만큼 충분한 서비스를 제공하지 않는다.

경영진은 시장의 현실은 모른 채 책상 앞에 앉아 서비스의 중요성만 강조할 뿐 어떻게 처음부터 고객을 확보할 수 있는지는 간과한다. 대부분의 제품은 나의 관심을 사로잡지 못한다. 그래서 나는 기업의 고객 확보 노력뿐만 아니라 나의 필요 때문에 어쩔 수 없이 고객이 된다.

첫 번째 문제는 쉽게 해결할 수 있다. 하지만 두 번째 문제는 당신을 죽일 것이다. 나는 우리와 거래할 만한 자격이 되는 고객을 찾는다. 그런 다음 내게 컨설팅을 의뢰할 때까지 그들에게 관심을 쏟고 공을 들인다. 그들이 내 제품과 서비스를 구매하기 전까지는 만족 자체가 아예 불가능함을 잘 알기 때문이다. 이것은 그냥 하는 말이 아니라 내가 믿고 있는 진리다.

고객 만족을 위해 가장 중요한 것은 고객 확보다. 고객 없이는 고객 만족도 있을 수 없다! 내게는 고객 확보가 무엇보다 중요하다. 인간관계와 똑같다. 먼저 아내를 얻어야 계속 아내를 기쁘게 해줄 수 있지 않은가? 그런 다음에야 가족을 늘리고 가족 모두를 행복하게 할 새로운 방법들을 찾을 수 있다. 여기서 가장 중요한 것은 무엇인가? 먼저 아내를 얻는 것이다.

고객 만족에만 초점을 맞추면 기업은 성공할 수 없다. 고객 만족만 추구하는 경향이 고객 확보에 해를 끼친다고 나는 생각한다.

작은 도서관의 힘

이주형

독서 환경 변화를 주도한 사람은 바로 인터넷 산업을 주도하고 세계 제1의 갑부가 된 마이크로소프트사의 빌 게이츠 회장이다. 그는 자신의 성공 배경을 묻는 기자들의 질문에 이렇게 대답했다.

"오늘의 나를 만든 것은 어머니도, 조국도 아닌, 내가 태어난 마을의 작은 도서관이었다."

우리나라 사람들의 독서 실태는 어떤가를 살펴보자. 미국의 한 시장 조사기관(NOP)에서 세계 30개국을 상대로 독서에 관한 설문조사를 했다.

우리나라는 독서시간이 주당 3.1시간으로 세계 평균 6.5시간의 반에도 미치지를 못했다. 인도와 중국 등이 1, 2위를 차지한 이 조사에서 우리나라는 불명예스럽게도 30위로 꼴찌를 했다.

우리나라 국립중앙도서관의 통계에 의하면 한국 성인 한 사람당 월 평균 독서량은 1.3권으로, 일본의 6.1권과 미국의 6.6권에 상당히 뒤떨어진 실정이다. 한 해 동안 책을 전혀 읽지 않는 사람도 무려 24.1%에 이르렀다. 또한 성인 중 33.5%는 인터넷과 핸드폰의 이용 증가로 독서 시간이 줄었다고 답했으며, 성인 전체의 1인당 연평균 독서량은 11.9권이었다.

　책을 읽지 않는 사람들이 첫손에 꼽는 이유는 시간이 없어서라는 핑계였다. 나는 주변 사람들에게 15분간 독서법을 권한다. 하루 생활을 하노라면 버스를 기다리거나 약속한 사람을 만나기 위해 여러 차례를 기다림으로 시간을 보내게 된다. 이때 기다림의 틈을 이용해서 15분간 책 읽기를 권한다. 만일 이런 기회가 하루에 네 번이라면 적어도 한 시간을 독서하는 셈이 된다. 여기서 중요한 것은 항상 손 가까이에 책이 있어야 하므로 외출 시에도 책을 미리 챙겨 지니고 다녀야 한다는 사실이다.

　나는 수삼 년째 300여 명의 지인들에게 주 3회 이메일을 보내고 있다. 내가 쓴 글을 위주로 보내도 좋겠지만, 자칫 내 글을 일방적으로 강요한다는 느낌을 주기 싫을 뿐더러 아직은 깊은 감명을 줄만큼 훌륭한 작가가 아닌 때문이다.

　이런 이유로 내가 읽은 책에서 좋았다고 생각되는 글들을 추려서 정리하고 주 3회 컴퓨터 이메일로 띄운다. 원고지로는 대략 5-8매 정도의 분량이어서, 읽는 사람들에게 주제가 지나치게 무겁지 않도록 내 나름대로 주의를 기울인다.

　그러나 나의 이런 의도가 때로는 벽에 부딪쳐 애를 먹기도 한다. 대부분의 사람들이 나이 탓에 시력이 떨어져 글 읽는 것도 별로이고, 큰 흥미도 없는데 공연히 너무 수고하는 것 아니냐는 것이었다. 좋게 말하면 나를 위한 피드백이고, 달리

보면 중단하라는 우회적인 권고였다. 이런 나의 제안에 지인들의 반박이 쏟아졌다. 몇몇 글을 인용하여 소개하면 다음과 같다. (생략)

현대는 전자매체에 의한 인터넷이 주도하고 있다. 이른바 아이티(IT)산업에 의한 영상매체의 발달이다. 이 때문에 책을 안 읽게 된다는 사람들이 많다. 그러나 바로 이러한 변화를 주도한 사람이 누구인가? 바로 인터넷 관련 산업을 주도하고 세계 제1의 갑부로 알려진 마이크로소프트사의 빌 게이츠 회장이다. 그는 자신의 성공 배경을 묻는 기자들의 질문에 다음과 같이 답변을 했다.

"오늘의 나를 만든 것은 어머니도, 조국도 아닌, 내가 태어난 마을의 작은 도서관이었다."

이제는 책을 읽는 재미와는 거리가 한참 멀다. 임어당은 말했다. 책은 읽고 싶을 때 읽고 피곤하면 덮어야 한다. 시험을 위해서나 남의 강권에 못 이겨 책을 읽는다면 그건 책을 학대하는 일이다. 책을 손에 들고 별천지에 빠져드는 진정한 기쁨이 있어야 한다.

이주형

서울농대 졸업, 연세대학원 수료, 한국문협 회원, 한국예총 고양지부부회장, 수필집 「거북이 인생」, 「진·간·꼭」

굶는 자에게 밥 한 술 주어보았는가?
밥퍼나눔운동본부(밥퍼)

노숙자와 밥퍼 목사님

급식 이용자 90%가 가난한 노인

밥퍼나눔운동본부(밥퍼)의 태동

1988년 초겨울 칼바람이 부는 날 서울 동대문구 청량리역 구석에 웅크리고 있는 노인을 발견한 신학도가 다가가 물었다.

"할아버지, 진지 드셨어요?"

나흘 굶은 함경도 출신 노인은 아사 직전이었다. 신학도는 노인에게 설렁탕 한 그릇을 대접했다. 그리고 다음날은 노인의 친구들 다섯까지 점심값을 치렀다.

해가 바뀌고 전도사가 된 그는 아예 버너와 코펠을 들고 나와 역 광장에서 청량리 야채시장 쓰레기 더미에서 굶주리는 이들을 위해 물을 끓여 컵라면을 나누어 주었고 그 사실을 안 배고픈 노인들이 몰려들었다.

그렇게 되어 '거지들을 몰고 다니는 전도사'라는 소리를 들었다. 전도사는 서울시 동대문구 답십리동 553, 554번지에서 노숙자를 돌보는 한편 인쇄소 창고 한쪽에 교회 간판을 걸고 불쌍한 노인들과 더불어 예배를 드렸다.

그것이 못마땅한 사람들이 교회 간판을 떼어 내동댕이치는가 하면 '거지 소굴'을 운영하는 청년 때문에 장사가 안 된다는 인근 상인들의 비난이 빗발쳤다.

그렇게 굶는 이웃을 위해 봉사하는 청년 전도사는 목사가 되었고 30년이 지난 이제는 예순여섯의 희끗한 머리를 한 중노인이 되었다. 소외된 이웃에게 따뜻한 밥을 대접한 것이 무려 1400만 그릇이 넘었다.

오직 한 길로 달려온 그는 '밥퍼 최일도 목사'로 유명인사가 되었고, 밥퍼를 찾는 사람들 손에는 따뜻한 밥, 국, 반찬이 담긴 식판이 쥐어졌으며 밥퍼나눔운동본부(밥퍼)라는 유명 봉사단체로 발전했다. 그러자 역대 대통령, 영부인, 시장, 국회의원들이 '봉사와 격려차' 문턱이 닳게 다녀갔다.

기록적인 열대야가 계속되던 지난달 27일 아침. 밥
퍼나눔운동본부(밥퍼)에는 50여 명의 노인들이 원탁
에 둘러앉아 배식을 기다렸다.

배식시간 7시가 되자 노인들은 식당 안쪽 벽을 따라
ㄷ자로 줄지어 앉았다. 배식 메뉴는 야채죽, 잡곡밥,
김치, 삶은 달걀이었다.

코로나19가 진정되고 밥퍼에 다니기 시작했다는 이
아무개(78) 할아버지는 지하철로만 1시간 가까이 걸
리는 금천구 독산동에서 왔다고 했고, 동두천에서 왔
다는 일흔일곱 살 할아버지가 있었고 충남 천안에서
온다는 아흔 살 어르신은 "여기가 그냥 밥만 얻어먹는
데가 아니에요. 누가 안 오면 왜 안 오나 서로 궁금하
여 물어볼 정도로 마음도 나누는 늙은이들 천국"이라고
했다.

벽 쪽으로 둘러앉은 노인들과 대기중인 사람들

밥퍼 배식은 하루 두 번 이뤄진다. 점심 나눔은 30

년이 훌쩍 넘도록 했지만 아침 나눔은 오전 7시부터 8시까지, 점심식사는 11시부터 오후 1시까지 지난해 2월부터 시작됐다.

날마다 500~600인분의 식사가 준비된다. 혼자 식사 중인 신 아무개(77) 할머니는 밥퍼 뒤쪽 용신동에서 40년을 살았다며 "혼자 사는데 3~4년 전 척추를 다쳤어요. 밥해 먹기 힘들어서 여기로 오기 시작했네요." 했고 9년째 밥퍼 '단골' 아흔넷 서 아무개 할머니는 동네 토박이 주민이다.

그 노인은 손에 커다란 봉지에 담은 빈 캔을 보이며 "내가 용돈벌이로 캔을 주워서 청량리 쪽에 파는데 밥퍼에 오는 사람들이 그걸 알아서 이렇게 주어다 준 거야"라며 환하게 웃었다.

법 앞에 젠트리피케이션 당할 밥퍼나눔의 운명

"밥퍼는 불법 단체입니다."

"신원불명의 사람들(을) 끌어와서 동네를 우범지대로 만드는 거 문제가 크다고 봅니다."

"노숙자가 없어지지를 않네요. 정말 밥퍼 때문입니다 ㅠㅠ"

지난 7월 밥퍼 뒤편에 새로 이사 온 이웃 900여 명이 가입된 단톡방에 올라온 내용 중 일부다.

말뿐이 아니다. 올봄 밥퍼에 봉사를 간 개인사업자

박 아무개 씨는 입주자 대표자들이 모인 단톡방에서 불매운동 대상이 됐다.

밥퍼 봉사를 했다는 이유로 업체 상호가 공개되고 "저분이 맞다면 뭐 장사는 다 하신 거네요."라는 댓글이 달렸다.

박씨는 "밥퍼 때문에 집값이 떨어진다고…"라며 "너무 마음이 아팠다"고 했다. 그는 여전히 한 달에 한 번 밥퍼에 봉사활동을 하고 있다.

그러나 모두 박씨 같지는 않다. 조직적이고 강도 높게 제기되는 민원에 밥퍼와 연관되는 것조차 꺼리는 이들이 생겨났다.

밥퍼 쪽은 지난해 말부터 올해 초까지 유독 봉사 취소 연락이 많았다고 했다. 글로벌 물류회사, 속옷 제조사, 보험회사, 사무기기 제조업체뿐 아니라 서울시 산하 공기업, 외교부 산하 기관 교육생들도 갑자기 단체 봉사를 취소했다.

일부는 밥퍼 쪽에 '봉사 내용을 알린 뒤 악플(악성댓글)이 심해서 취소한다'는 입장을 전해 왔다. 이미 봉사를 다녀간 뒤 악플에 시달리자 온라인에 게시된 자신들의 봉사 내역을 지워달라고 요청한 사례도 있었다.

국가보훈부도 지난해 11월 밥퍼와 공동으로 국가유공자들에게 식사를 제공하기로 한 사업을 돌연 취소했다.

최일도 목사와 밥퍼 봉사중인 정동영, 오세훈님

　국가유공자들이 아침 일찍 밥퍼에 도착해 박민식 장관을 기다린 날이었다. 행사 전날 예고 보도자료를 돌린 보훈부는 당일 새벽 행사가 "순연됐다"고 언론에 공지했다. 행사에 앞서 보훈부 앞에서는 일부 민원인들의 시위가 있었다.

　동대문구 집계로 2022년부터 올해 7월까지 구청에 접수된 밥퍼 관련 민원은 7158건이다. 민원은 두 가지 흐름으로 접수된다는 게 구청 쪽 설명이다.

　하나는 2022년 4월 밥퍼 인근 신답초등학교 하굣길에 50대 남성이 초등학생 2명을 이유 없이 폭행한 사건이 발생하면서 급증한 밥퍼 주위의 안전성 우려다. 가해자가 밥퍼를 이용해 왔는지는 동대문구에서도 파악하지 못했지만 화살은 밥퍼를 향했다.

사건 뒤 밥퍼와 한 건물을 쓰는 해병전우회가 등하교 시간 순찰활동을 자처했고, 구청에서도 안심보안관제를 도입했다.

밥퍼 인근 파출소에서 지난달 28일 만난 한 경찰관은 "(밥퍼 인근에 특별한) 노숙자, 안전 문제는 없다. 예전의 잘못된 인식 때문에 그런 얘기가 나오는 것"이라고 말했다.

민원의 또 다른 흐름은 "신규 아파트가 들어온 뒤 제기된 단체 민원"이라고 동대문구는 밝혔다.

이런 민원은 '같은 주상복합 안에서도 밥퍼가 보이는 쪽은 1억 원이 떨어진다'는 식의 소문과도 맞닿아 있다.

밥퍼 뒤 초고층 주상복합 쪽 부동산 등 6곳의 부동산을 취재한 결과, 내용은 조금씩 달랐지만 "입소문이 그렇게 난 거 같은데 실제로는 그렇게 큰 영향은 없다"는 취지의 답변은 같았다.

3곳에서는 '청량리역 노숙인들로부터 잠재적인 위협을 느끼는 사람들이 있다거나 밥퍼를 옮겼으면 한다는 의견이 많다'고 분위기를 전했다.

이런 갈등의 바탕에는 전형적인 '님비'(NIMBY: Not In My Backyard, 지역이기주의) 현상이 있다. 하지만 밥퍼의 갈등 상대는 민원인들만이 아니다. 수십 년 동안 이웃 사랑과 미담의 표본처럼 여겨져 온 밥퍼를 둘러싼 논란에는 뒤죽박죽 행정이 불러온 '불법' 증축 논란까지 얽혀 있다.

현재 밥퍼는 본건물과 양쪽에 '불법' 증축된 날개 건물에 둥지를 틀고 있다.

본 건물 왼쪽은 식자재 창고 역할을 한다. 오른쪽 날개 1층은 본건물과 이어져 배식과 식사가 이뤄지는 식당이고, 2층에는 동대문구 해병전우회 사무실이 있다.

밥퍼가 쓰는 본건물은 2010년 서울시가 서울시 땅인 답십리동 553, 554번지에 예산 6억 원을 들여 지어 줬다. 2009년 서울시가 답십리 인근 도로 구조개선 공사를 하면서 밥퍼가 사용하던 가건물을 철거하는 대신 지어준 것이다. 철거된 가건물도 앞서 2002년 서울시에서 1억 3천만 원을 지원받은 동대문구가 지었다.

문제는 서울시가 밥퍼 본건물을 새로 지을 때 동대문구와 필요한 행정 처리를 말끔하게 하지 않으면서 시작된다. 아기가 태어나면 출생신고를 하듯 건물도 세워지면 법적인 절차에 따라 등록을 해야 한다. 서울시는 본건물 완공 2년 만에 동대문구에 건물을 건축물대장에 올려달라고 요청했지만 실패했다.

이듬해에는 공용건축물대장에 건물 등재를 요청했다. 역시 불승인 통보를 받았다. 이유는 '밥퍼 건축물이 들어선 부지가 도시계획시설로 지정되지 않아 그

땅에는 가건물을 세울 수 없다'는 것이었다.

건축법에는 '도시계획시설 또는 도시계획시설 예정지에 가설건축물을 건축하는 경우' 허가(이 경우 동대문구청장이 허가권자)를 받도록 돼 있다. 도시계획시설이란 녹지·학교·도로·공원 등 도시 생활이나 기능의 유지에 필요한 기반시설 중 법에 따라 도시관리계획으로 정해진 시설을 뜻한다.

그런데 밥퍼 건물이 세워진 땅은 도시계획시설이나 예정지가 아니다. 따라서 도시계획시설이나 예정지에 대한 허가를 규율한 법조항을 근거로 밥퍼 건물의 불법성을 따질 수 없다는 반론도 있다. 게다가 밥퍼가 쓰던 옛 가건물도 같은 부지에 있었는데, 당시에는 버젓이 가설건축물대장에 올라 있었다.

동대문구의 불승인 통보에는 서울시도 납득하기 어렵다는 입장이다. 지난해 2월 서울시의회 본회의에 나온 김상한 서울시 복지정책실장은 "기존에 적법하게 등재된 가설건축물이 위치 이전만 된 상태로 된 부분이 도시계획상 등재하기 어렵다는 동대문구청의 입장을 사실은 조금 납득하기 어려운 부분이 있다"며 "시유지상에 예전부터 정상적으로 이루어진 가설건축물이라서 별도의 조처 없이 계속적으로 유지되고 있는 상황이었다"고 설명했다. 지난 10일 한겨레와 만난 서울시 관계자는 "동대문에서 불승인을 한 이후 (구청 쪽으로부터) 추가적으로 시정 요구가 없었다"고 말했다.

캄보디아 국왕 수여 최고 훈장 수상

'다일공동체. 캄보디아 국왕 수여 최고 훈장 수상'

캄보디아서 20년째 '밥퍼사랑' 실천한 최일도 목사

빈민구제, 지역사회 발전과 번영에 기여 공로 인정

국방부장관, "민간차원의 양국 우호발전에 헌신" 치하

(박정연 재외기자)

어린 남동생의 손을 꼭 잡고 오늘도 말리(여, 10살)는 다일공동체가 운영하는 씨엠립 '밥퍼' 급식소를 찾았다. 이미 또래 친구들도 줄을 서서 점심 한 끼를 기다린다. 정성스레 준비한 음식을 담은 식판을 양손에 받아 든 이 여자아이의 눈빛은 세상 무엇과도 바꿀 수 없는 행복함과 미래에 대한 꿈과 희망으로 가득 차 있다.

배고픔에 지친 이 나라 어린이들에게 따스한 밥 끼니로 마음의 안식을 주고 영혼을 달래기 위해 지난 2004년 문을 연 캄보디아 다일공동체(원장 석미자)가 어느덧 개원한 지 20주년을 맞았다.

지난 9월 9일 오후(현지시각) 앙코르와트로 유명한 씨엠립시 소카컨벤션센터홀에서 열린 개원 20주년 기념행사는 캄보디아 국가 서열 2위이자, 부총리인 띠어 세이하 국방부 장관이 주재했다. 현지국민들 사이 다일공동체의 위상이 어떤지 실감케 한 순간이었다.

이날 기념식 첫 순서는 캄보디아 다일공동체를 이

끌어 온 석미자 원장이 20년간에 걸친 사역의 역사와 함께 그간 일군 열매들을 소개하는 시간으로 시작됐다. 이어 다일공동체의 설립자인 최일도 목사가 은빛 머리를 흩날리며 단상에 올라 하객들에게 감사의 인사를 전했다.

축사에 나선 띠어 세이하 국방부장관은 캄보디아 다일공동체가 민간 차원의 양국 우호증진에 크게 기여한 바 있으며, 지난 20년간 캄보디아의 어려운 이웃들을 돕고, 가난한 주민들의 삶을 개선하는 등 지역사회의 발전과 번영을 위해 헌신했다고 치하하며, 다일공동체 구성원 모두에게 깊은 감사의 마음을 전했다.

투병중인 목사님

"33차례 방사선 치료를 하고 항암치료는 본인 선택이라고 해서 안 하겠다고 했다. 작년 여름 무릎에 육종암이 왔다. 처음엔 종기인 줄 알고 동네 정형외과에서 수술했다. 그런데 암세포였다.

재발이 되면 폐나 뇌에 문제를 일으키는 악성 중 악성이라고 했다. 난 이엔에프피(ENFP: '성격유형 검사'로 구분하는 성격 유형 중 '활동가형')다. 암에 걸리는 체질이 아닌데, 얼마나 스트레스를 받았으면 암이왔겠나 싶다. 지금은 면역력을 키우면 된다고 하더라."

밥퍼 지지 시민 반응과 실태

1988년 청량리역 모퉁이에서 배고픈 노숙자를 만난 청년 전도사가 외면하지 않고 지금까지 사랑으로 보듬어온 천사 같은 선행은 나라에서도 감당하지 못했던 음지의 인간난로였다. 36년간의 뿌리 깊은 자선단체가 인근주민의 뜻이라며 행정적으로 궁지에 몰려 젠트리피케이션(둥지 내몰림) 당하게 되었다. 이에 각계의 의지와 지지가 이렇게 밝혀졌다.

1. 밥퍼지지 서명운동을 대한예수교장로회 통합측 교단 중심으로 전개하여 15만 명 넘는 사람들의 서명을 받았고, 동대문구청 관내 서명자들도 8,000명이 넘었습니다.

2. 지역주민들, 특히 고층주상복합 건물 입주자들 중에서도 밥퍼 지지자들이 찾아옵니다. 그들은 '좋은 봉사단체가 가까워서 자녀들 봉사교육 시키기가 좋다.'고 평.

3. '여러 나라의 외국인 젊은이들까지 찾아와 봉사하는 밥퍼가 있는 이 거리를 K나눔과 봉사의 거리로 승화시키면 좋겠다'며 일부러 격려차 봉사를 오시는 분들도 있습니다.

* 아름다운 봉사를 해온 **밥퍼나눔운동본부**에 감사를 드립니다. (울타리 발행인)

도산 안창호

최용학

도산공원(서울 강남구)

"어디들 가십니까? 무슨 일이 벌어졌습니까?"

"오늘 쾌재정(快哉亭)에서 만민 공동회가 열린답니다. 나라의 높은 관리들도 오고 특별한 청년 연사가 나와 연설도 한다고 합니다."

"만민 공동회는 우리나라 이권을 빼앗으려는 외세에 맞서 우리나라의 독립과 주권을 지키려는 민중 대회예요. 평양 만민 공동회가 열리는 대동강 서쪽 언덕의 쾌재정에는 사람들이 몰려들었어요. 쾌재정에서 열린 만민 공동회의 특별한 청년 연사는 누구일까요?"

명연설

1897년 쾌재정 만민공동회의 특별한 연사로 나선 사람은 19세의 청년 안창호였다. 그가 처음 대중 앞에 섰다.

"여러분, 쾌재정에서 이렇게 뵈니 쾌재(통쾌하다)가 절로 나옵니다. 고종 황제 폐하의 탄생일인 오늘같이

37

뜻깊은 날에 나라의 관리들과 백성들이 한자리에 모였으니 쾌재를 부르지 않을 수 없습니다. 그러나 요즘 우리에게 쾌재를 부를 일이 별로 없습니다. 백성을 보살피고 도와야 할 관리들이 오히려 힘없는 백성을 짓밟고 재물을 빼앗고 있지 않습니까? 그러니 나라가 어찌 돌아가겠습니까?"

단상에 오른 안창호는 조금도 주저 없이 통쾌하게 입을 열었다. 그렇게 안창호는 시작부터 대중을 사로잡았다. 안창호의 연설이 이어지자 청중들은 박수를 치며 환호했다. 안창호는 소리 높여 무능한 관리들을 비판하였고 높은 관리를 앞에 두고도 거침없이 할 말을 다 하는 안창호의 힘찬 연설에 백성들은 놀라고 감동했다. 곳곳에서 우레와 같은 박수가 터져 나왔다.

이렇듯 통쾌하게 백성의 마음을 긁어 주었던 쾌재정 연설은 안창호를 명연설가로 만들었다. 이후에도 그는 민중의 정신을 일깨우는 연설에 온 힘을 쏟았다.

그는 교육만이 희망이라는 것을 강력하게 부르짖었다. 어릴 적 평양에서 자란 안창호는 청일전쟁의 전투 실상과 죄 없는 조선 사람들이 죽고 다치고 집과 공장이 불타고 백성들이 피란을 가야 했던 전황을 보았다. 싸우는 쪽은 청나라 군과 일본군이었는데 정작 피해를 보는 쪽은 조선 백성들이었던 것이다. 그것을 본 안창호는 도무지 이해가 되지 않았다.

"자기 나라에서 싸울 것이지 왜 남의 나라에서 싸우는가?"

"이유는 우리나라가 힘이 없기 때문이다. 우리가 힘 있는 민족이라면 어떤 나라도 우리 땅에서 소란을 피우지 못할 것이다."

안창호는 고민에 고민을 거듭하다 이때부터 나라와 민족을 위해 자기 일생을 바치겠다는 결심을 하였다. 우선 외국인 선교사가 세운 구세학당에 들어가 영어와 서양의 신학문을 공부했다. 배움만이 변화하고 있는 세상을 이해하고 우리나라를 구할 수 있다고 생각한 것이다.

그는 고향인 평안남도 강서군으로 돌아와 점진학교를 세웠다. 학교 이름은 날로날로 점점 나아가자는 뜻에서 그렇게 정하였다. 점진학교는 남녀 구별 없이 학생을 받았다. 여자도 배워야 한다는 그의 신념을 실천한 것이었다. 교육을 통해 나라의 힘을 기르고자 하는 자기의 뜻대로 학교의 교훈은 '힘을 기르자'로 정했다.

미국 교포사회를 이끌다

1902년 안창호는 미국 유학길에 올랐다. 조국을 위

점진학교 교사와 학생들

한 큰일을 하기 위해서는 신학문을 공부해야 한다고 생각했기 때문이다. 미국으로 가는 뱃길에서 그는 넓고 넓은 바다에 우뚝 솟은, 웅장한 하와이섬을 보고 감격하여 이때 자신의 호를 '도산(島山)'이라고 정했다.

'나도 넓고 넓은 저 바다에 우뚝 서 있는 섬과 같이 사람들에게 희망과 기쁨을 주는 사람이 되리라.'

안창호는 하와이를 거쳐 샌프란시스코에 도착하였고 그는 초등학교부터 다시 공부하기로 하였다. 25세의 늦은 나이지만 어린 학생들과 공부하는 것을 부끄러워하지 않았다. 낮에는 공부하고 밤에는 돈을 버는 힘든 생활이었지만 배움의 길만은 소중하게 여겼다.

그러던 어느 날이 안창호는 길을 가다가 우리나라

사람 둘이 서로 상투를 잡고 싸우는 광경을 보았다. 지나가던 미국인들은 걸음을 멈추고 조롱하는 눈으로 싸움 구경을 하고 있었다.

안창호가 달려들어 싸움을 뜯어말리고 물었다.

"어쩌자고 같은 조선 사람끼리 싸우는 거요?"

한 사람이 대답했다.

"우리는 중국인을 상대로 인삼을 팔러 다닙니다. 서로 구역을 놓고 장사를 하는데 이 친구가 내 구역을 침범했지 뭡니까."

두 사람은 눈을 부라리며 목소리를 높였다. 안창호는 멀고 먼 낯선 나라에서 이런 동포들의 모습에 속상하고 분통이 터졌다. 하지만 그들에게 뭐라 할 수도 없었다. 너무 가난하고 살기 어려워서 그런다는 것을 알고 있기 때문이었다.

안창호는 이 미지의 세계 미국에서 자기가 해야 할 일이 무엇인가를 깨달았다.

'미국까지 온 교포들의 생활이 너무나 엉망이다. 우리가 이대로 살아서는 안 된다. 뭔가 달라져야 제대로 대접도 받을 수 있다. 우선 이들의 생활부터 바로잡아 주어야 한다.'

안창호는 그날부터 자기 학업을 뒤로 한 채 교포들

을 한마음 한뜻으로 모으는 일에 앞장섰다. 먼저 교포들의 생활과 의식을 개선해야겠다고 생각하였다. 그로부터 안창호는 교포들이 사는 마을로 가 거리를 청소하기 시작했다. 처음에는 안창호를 그저 비웃기만 하던 교포들이 조금씩 마음을 열기 시작하였다. 한 주민이 앞서서 말했다.

"이제 되었습니다. 여기 사람들이 돌아가며 거리 청소를 하기로 했습니다."

그 뒤로부터 집과 주변이 깨끗해지니 사람들의 옷차림과 표정도 좋아졌다. 까마득히 먼 나라에서 와 서로 경계하기 바빴던 사람들이 환히 웃는 얼굴로 인사도 나누고 어려운 일도 서로 도와주기 시작했다.

작은 일부터 실천한 안창호의 노력에 미국 교포들의 삶이 크게 바뀌었고 어느새 교포들은 안창호를 지도자로 믿고 따르게 되었다.

오렌지 하나에 나라 사랑을 담다

1903년 안창호는 한인 친목회를 만들어 교포들이 한마음으로 단결하여 살 수 있도록 힘썼다. 그해 안창호는 일자리를 찾는 교포들과 함께 로스앤젤레스의 리버사이드로 이사를 하였다. 그는 이곳 농장에서 일하면서 한인들에게 일거리를 알선해 주었다. 또 그럴 때마다 교포들을 이렇게 격려해 주었다.

"여러분, 오렌지 한 개를 따도 정성껏 따는 것이 곧 나라를 위한 길입니다. 남의 일이라는 생각을 버리고 정성을 기울여 일합시다."

리버사이드 오렌지 농장에서 일하는 안창호

1905년 안창호는 한인 친목회를 이끌어 온 동지들과 함께 공립협회를 만들었다. 공립협회는 교포들의 권익을 보호하는 일에 힘쓰는 한편 항일 민족 운동에 도 앞장서 활동했다. 안창호는 계속해서 계몽 운동을 벌이며 교포들에게 애국 사상을 심어 주었다. 그의 뛰어난 지도력 덕분에 교포들의 삶은 점점 나아졌고, 미국인도 조선 사람을 무시하는 일이 줄어들었다. 공립협회의 회원 수는 날로 늘어났고 협회의 위상도 높아져 갔다.

민족의 힘을 키우기 위해 애쓰다

이 무렵 일제가 을사늑약을 통해 우리나라의 외교권을 빼앗아 갔다는 가슴 아픈 소식이 들려왔다. 공립협회는 일제의 침략 행위를 규탄하고 을사늑약을 거부하는 결의문을 배포하였다.

안창호는 마음이 찢어질 듯 아파서 더는 조국의 현실을 두고만 본 채 미국에 머무를 수 없음을 깨닫고 고국으로 돌아오자마자 여러 곳을 돌아다니며 애국심을 북돋는 연설을 했다. 일본 경찰이 그의 행동을 일일이 감시했지만 그것은 아랑곳하지 않고 더욱 목소리를 높여 외쳤다.

"여러분, 우리나라를 살리는 길이 있습니다. 첫째는 나라를 사랑하는 마음을 기르고, 둘째는 우리 스스로 힘을 기르는 것입니다. 힘이란 무력이 아닙니다. 배워서 아는 것, 그것이 진정한 힘입니다."

그의 연설을 듣기 위해 각지에서 사람들이 모여들었다. 강연장은 사람들로 넘쳤다. 힘이 넘치는 그의 연설에 많은 사람들이 우렁찬 박수를 보냈다.

1907년 그는 국권을 회복하고 자주 독립국을 세우

겠다는 목표를 가지고 동지들과 함께 '신민회'라는 항일 정치단체를 만들었다. 그들은 자신이 직접 연락을 할 상대 외에는 누가 같은 조직원인지 아닌지조차 모를 정도로 철저히 비밀리에 활동했다.

신민회는 평양에 대성학교를 세워 민족의식과 독립사상을 갖춘 애국 국민을 키우고자 노력했다. 교장직을 맡은 그는 기회가 있을 때마다 학생들에게 강조했다.

"나라가 없으면 나도 없다. 나라가 힘이 있어야 나도 힘을 얻을 수 있다."

신민회는 대동강 상류에 도자기 회사도 세웠다. 평양의 마산에서 나는 질 좋은 흙으로 도자기를 만들어

대성학교 졸업사진

팔면 경제적으로 국민 생활에 보탬이 되리라는 생각에서였던 것이다. 또한 서울, 평양, 대구 등지에서 출판

사업과 서점을 겸한 태극서관도 세웠다.

일제의 날카로운 감시 속에서도 끊임없이 나라를 구하기 위한 여러 가지 활동을 했다. 이런 사실들이 알려지자 백성들은 그에게 큰 지지와 존경을 보냈었다.

국외 한인들의 힘을 한데 모으기 시작

1909년 안창호는 일제에 체포되어 고문을 받다 풀려났다. 더는 국내에서 활동할 수 없음을 깨닫고 훗날을 기약하고 시베리아를 거쳐 미국으로 향하였다.

1912년 샌프란시스코에 미국 본토, 하와이, 만주, 시베리아 등 각 지역 대표자를 모이게 하여 '대한인국민회 중앙총회'를 조직하였다. 국외 한인들의 권리와 이익을 보호하고 생활을 개선할 목적이었다. 그는 초대 총회장에 뽑혀 여러 나라에 사는 한인사회를 조직적으로 이끌며 민족운동을 이끌어 나아갔다.

"조국이 일제에 짓밟혔지만, 우리라도 국외에서 인정받는 단체를 만듭시다. 우리 조국의 존재를 알리고 외국 사람들에게 우리가 얼마나 자랑스러운 민족인지 알려야 합니다."

안창호는 국외 교포들에 관련된 일을 대한인국민회를 통해 의논해 줄 것을 미국에 직접 요청하였다. 미국

국민회 하와이 지방총회 임원들

은 이 요청을 받아들였고 대한인국민회는 대사관처럼
미국이나 러시아에서도 인정받는 대표 기관으로 자리
를 잡았다. 그리고 대한인국민회를 이끄는가 하면, 건
전한 인격과 실력을 갖춘 젊은이들을 키워내기 위해
'흥사단'이라는 단체를 결성했다. 안창호가 내세우고
있는 건전한 인격이란 신체가 튼튼하며, 한 가지 이상
의 전문 지식과 생산 기술을 가진 성실하고 진실한 인
간을 말한다. 정치가, 군인, 경제가 등 분야별 인재를
양성하고 이들이 활약할 수 있는 사회를 만들고자 한

것이었다.

이후 흥사단은 여러 지역에 단원들을 확보하며 발전을 거듭하였다. 그의 바람대로 많은 젊은이가 흥사단 활동을 통해 훌륭한 지도자로 거듭나 우리나라를 위해 많은 일을 하였다.

대한민국 임시정부에서 활동

1919년 안창호는 미국에서 3·1운동 소식을 들었다. 그는 대한인국민회대표자 대회를 소집하고 포고문을 발표하였다. 그리고 벅찬 감격에 뜨거운 눈물을 흘리며 이렇게 외쳤다.

"장하다, 내 겨레! 훌륭하다, 내 민족! 이제 온 민족이 일제히 일어나 생명과 재산을 모두 바칠 각오로 대한 독립을 힘껏 외칩시다!"

고국을 떠나온 1세대 한인 이민자들은 낯선 땅에서 차별과 나라 잃은 슬픔을 숱하게 겪었다. 그들이 할 수 있는 일은 오렌지 농장과 사탕수수 농장에서의 고된 노동뿐이었지요. 그들은 생계를 이어가기도 빠듯했지만 이렇게 번 돈의 반 이상을 기꺼이 조국을 되찾기 위한 독립 자금으로 내놓았다.

그는 조국을 되찾기 위해 이렇게 독립자금을 모금하였고 그 독립자금을 미주 지역을 대표하여 상하이에 있는 대한민국 임시 정부에 전달하였다. 일제의 감시를 피해 두 달이나 걸려 상하이에 도착하였고 상하이의 독립 운동가들은 그런 안창호를 뜨겁게 맞아주었다.

"반갑소. 선생을 내무총장으로 임명했으니 열심히 일해 주시오."

안창호는 우선 대한민국 임시정부의 건물을 지었다. 그리고 연통

임시정부 내무총장 국무총리 / 임시정부 통합 후 안창호

제를 실시하고 만주에 흩어져 있는 독립군 조직을 임시정부 아래로 통합하여 독립운동의 힘을 한데 모으고자 노력했다.

또한 「독립신문」을 창간하고, 대한민국적십자회를 다시 일으켜 세웠다. 학교를 설립하고 언론의 선전 활동에도 힘썼다. 그리고 한성, 블라디보스토크, 상하이에 수립된 3개의 임시 정부를 통합하는 운동을 적극적

으로 펼쳐 상하이에 정통성을 가진 통일정부를 세우게 되었다. 그는 대한민국 임시정부의 노동국총판에 취임하여 여러 방면에서 독립을 위한 사업을 펼쳐 나갔다.

안창호는 임시 정부를 중심으로 힘을 합쳐 독립운동을 펼치고자 노력하였다. 하지만 그의 기대와는 달리 임시정부는 분열을 거듭하였다. 이때마다 안창호는 중재하고 통합하고자 노력했다. 그리고 그는 높은 자리에 연연해하지 않고 묵묵히 실제적인 독립운동을 위해 힘을 쏟았다.

1932년 4월 29일 상하이 홍구공원에서 윤봉길 의사의 의거가 일어났다. 이 일로 일제는 상하이에서 활동하는 애국지사들을 닥치는 대로 붙잡아 갔다. 안창호도 일본 경찰에 붙잡혔다. 일경이 말했다.

"앞으로 독립운동을 하지 않겠다고 하면 석방해 주겠소."

"나는 밥을 먹어도 우리나라 독립을 위해 먹었고, 잠을 자도 우리나라 독립을 위해 잤소. 나는 앞으로도 독립운동을 계속할 것이오."

일제는 갖은 방법으로 안창호의 독립운동 의지를 꺾고자 했지만 그의 뜻은 변함없이 단호했다. 어둡고

감옥에 갇혀 있을 때의
모습(1937년)

좁은 독방에 갇혀 있던 안창호는 그만 병이 나고 말았다. 안창호는 병보석으로 풀려나 병원에 입원하게 되었지만 그의 병은 점점 깊어져 1938년 3월 10일 마침내 교포들을 걱정하며 영원히 눈을 감고 말았다.

도산 안창호는 민족의 힘을 키우고 잃어버린 나라를 되찾고자 한평생을 바쳤다. 특히 낯선 다른 나라 땅에서 교포들의 의식을 일깨우고 마음을 한곳으로 모으려고 있는 힘을 다했다.

교포들의 피땀 어린 노력으로 독립은 한 걸음 더 가까워졌다. 국외 교포들은 고된 현실 속에서도 독립운동 자금을 지원하였고 그 중심에는 도산 안창호가 있었다.

지금도 우리 국외 교포들의 나라 사랑하는 마음은

대단하다. 이는 안창호와 같은 지도자가 있었기 때문이 아닐까 한다. 도산 안창호가 우리에게 외쳤던 말 "그대는 나라를 사랑하는가?"

경기도 과천시 교육원로 86 국사편찬위원회

최용학

1937년 11월 28일, 中國 上海 출생(父:조선군 특무대 마지막 장교 최대현), 1945년 上海 第6國民學校 1학년 中退, 上海인성학교 2학년 중퇴, 서울 협성초등학교 2학년중퇴, 서울 봉래초등학교 4년 중퇴, 서울 東北高等學校, 韓國外國語大學校, 延世大學校 敎育大學院, 마닐라 데라살 그레고리오 아라네타대학교 卒業(敎育學博士), 평택대학교 교수(대학원장역임) 현)韓民會 會長

아름다운 인연

저는 예순 중반의 할머니입니다.

저는 한 대학교의 의대 교수인데요, 이제 내년이면 정년이 되어 은퇴를 하게 되네요. 제가 사람답게 살고 교수까지 될 수 있었던 사연을 얘기하고 싶습니다.

저는 깡 시골에서 태어나 아주 어릴 때부터 장작 땔나무를 해오고 집안 허드렛일을 도왔습니다. 저희 집은 아주 가난했고 부모님은 여자애는 공부할 필요가 없다고 하셨죠.

하지만 저는 집안일보다는 공부에 흥미가 많았어요. 몰래 학교 창문으로 들여다보며 한글을 익히고 산수를 공부하다가 쫓겨나기도 하고 부모님한테 잡혀서 혼쭐이 나기도 했어요.

계집애가 공부해서 뭐할 거냐며 살림이나 잘 배우라고 하셨죠. 그런 제 삶에 변화가 오기 시작한 건 젊은 여선생님이 오시고부터였어요.

시내에 있는 유일한 중학교에 부임하신 선생님은 제가 야트막한 산기슭에서 쑥을 뜯다 말고 누가 놓고 간 책 읽는 걸 보시고 저에게 공부를 가르치기 시작하셨어요.

"순정아, 지금 당장은 이게 너한테 쓸모없는 것 같아도 언젠가 분명히 도움이 될 날이 올 거야. 니가 노력하는 만큼 니 인생의 기회도 넓어질 거고."

그 선생님도 공부 못하게 하는 부모님의 눈을 피해 열심히 공부해서 대학을 나와 선생님이 됐다고 하셨어요.

저는 그때부터 밤마다 몰래 걸어서 20분 거리에 있는 선생님 댁에 가서 국어 산수 도덕 사회 자연 이런 것들을 배웠고, 열심히 공부한 덕에 중학교 과정도 배울 수 있게 됐어요. 그러다가 엄마한테 들키고 말았습니다.

선생님 댁에 가려고 막 집을 나섰을 때였죠. 엄마는 아버지한테 말하지 말라고 싹싹 비는 저를 보며 한숨을 쉬시고는

"들키지 않고 끝까지 할 자신 있으면 그렇게 하고, 자식이 좋아하는 거 부모도 못 시켜 주는데 그걸 다 해 주신다는데 어떻게 안 된다고 하겠냐. 기왕 할 거면 내 몫까지 다 하거라."

그렇게 몇 년 간 공부가 계속되면서 저는 검정고시에 합격했고 대학에 가고 싶다는 꿈을 꾸게 되었죠. 하지만 현실적으로는 어려움이 많아서 엄두가 나지 않았어요. 공부할 시간도 많아야 하고 문제집도 살 게

많고.

그저 막막하여 걱정을 하자 선생님은 엄마를 만나셨어요.

"순정이는 정말 똑똑해요. 누구보다 이해력도 빠르고 머리도 좋고 굉장히 성실하죠. 이런 애가 공부를 안 하면 누가 하겠어요? 부디 어머님께서 순정이가 대학에 갈 수 있도록 도와주세요."

그 말에 엄마는 한동안 고민하셨어요. 그리고 결국은 저를 밀어주기로 하셨습니다. 아빠 몰래 집안일하는 시간을 빼주셨고 문제집 살 돈도 주셨어요. 그 돈이 충분치 않았기 때문에 저는 선생님의 도움을 받아야 했습니다.

두 분은 그렇게 뒤에서 조용히 제 앞날을 위해서 지원을 아끼지 않으셨죠. 저도 그런 엄마와 선생님께 보답하고자 하루 열 시간 씩 공부를 했고 그러다 보니 점점 더 풀 수 있는 문제들이 많아지더라고요.

한번은 선생님이 갖다 주신 유명 학원 모의고사 문제를 풀었는데 제가 거기서 딱 두 문제만 틀렸어요. 공부 잘하는 고3들도 어려워하는 시험이라고 하셨어요. 선생님은

"거 봐. 너는 이렇게 할 수 있을 줄 알았어. 이게 공부에 재능이 있다는 뜻이야. 거기다 넌 아주 열심히

노력하는 힘까지 있잖아."

"선생님, 제가 정말 서울에 있는 대학에 갈 수 있을까요?"

"이 시험 성적을 보고도 모르겠어? 넌 이미 전국 수준이라고."

하시며 저를 격려하셨습니다. 저는 그 말에 힘을 얻어 더 열심히 공부할 수 있었죠. 그리고 저는 선생님 말씀대로 서울에 있는 의과 대학교에 합격할 수 있었어요. 너무 기뻐서 엄마와 선생님을 잡고 팔짝팔짝 뛰었고요.

엄마는 너무 좋아서 눈물을 훔치셨고 선생님도 진심으로 축하해 주셨죠. 하지만 문제는 아버지였는데요 아버지는 어디 여자애가 혼자 서울에 올라가냐며 펄펄 뛰셨습니다. 그리고 쓸 데 없는 데에 시간을 낭비했다며 제 책들을 다 버리셨어요. 저는 너무 속상한 나머지 아버지를 원망하며 가출을 결심했죠.

"오빠들은 아버지가 다 밀어줘도 못 간 대학 나는 갔는데 왜 나 보고는 안 된다고 하는 거예요? 아버지가 밀어준 것도 아닌데!"

그렇게 저는 몰래 짐을 싸서 새벽에 기차역으로 갔어요. 그런데 거기에 선생님이 나와 계신 것이었어요.

"순정아 이렇게 가면 안 돼. 니가 잘못한 게 없는데

왜 집을 나가니? 나가더라도 떳떳하게 모두의 박수를 받으면서 떠나야지. 지금 니가 이렇게 무작정 서울에 가면 어디서 받아줄 거 같아? 지금 그러지 말고 돌아가자. 안 그러면 니가 지금까지 노력한 게 다 헛수고가 되는 거야."

저는 결국 선생님과 함께 집으로 돌아오게 되었어요. 집에서는 제가 가출하려고 했던 것을 아무도 몰랐습니다.

선생님은 어떻게 하신 건지 대학교 입학금과 등록금을 마련해 오셨더라고요. 그리고 아버지께

"이건 제가 순정이한테 주는 대학 합격 선물입니다. 서울에서 1등만 한다고 하는 애들도 떨어지는 의대에 합격했잖아요. 이만한 선물은 받을 만하다고 생각합니다. 순정이가 서울에서 대학을 다닐 수 있게 해주세요. 분명히 아버님께 효도하는 딸이 될 겁니다."

선생님의 몇 번이고 되풀이한 간곡한 설득 덕에 결국 아버지는 저를 서울로 보내기로 하셨어요. 저는 선생님께 "이 은혜를 다 어떻게 갚아요. 정말 감사합니다. 선생님."하며 펑펑 울자 선생님은

"니가 열심히 하면 되는 거야. 그리고 훌륭한 의사가 돼서 갚으면 돼."

라며 제 어깨를 토닥여 주셨습니다. 저는 그러겠다

고 굳게 약속했고 대학에 가서 정말 열심히 공부했어요. 1학년 때 다들 해본다는 미팅도 하지 않았고 다른 애들과 몰려다니며 놀지도 않고 공부하고 학생 과외만 열심히 했죠.

그렇게 1학기를 우수한 성적으로 마치고 집으로 돌아갔어요. 선생님께 드릴 선물을 사가지고 시내 중학교로 갔더니 선생님이 그만 두셨다는 거예요.

어찌된 일인지 영문을 묻자 결핵에 걸려서 수업 시간에 피를 토했고 그 이후로 학교를 그만 두고 요양을 떠났다고 하더라고요. 선생님은 제 앞으로 편지를 남겨 놓으셨더군요. 편지를 서울로 보내지 않은 건 제 공부를 방해하기 싫어서였다고 적혀 있었어요.

'순정아, 너는 언젠가 꼭 훌륭한 의사가 될 거야. 선생님은 그렇게 믿어. 그러니 건강 유의하면서 공부해야 한다. 건강 잃으면 아무 소용없어.'

저는 선생님이 어디로 가셨는지 학교 선생님마다 붙잡고 물어봤습니다. 그러나 선생님이 어디로 요양 가셨는지 아는 사람은 없었어요. 아무에게도 말 안하고 떠나셨다는 거였습니다.

요즘 같으면 인터넷으로 어떻게든 찾을 수 있었을 거예요. 하지만 당시에는 그럴 수가 없었어요. 저는 선생님을 찾으려고 알 만한 사람들을 찾아다녀 봤지만 결국 찾지 못했고 방학이 끝나 학교로 돌아가야 했습니다. 저는 자취방에 돌아와 책상 앞에 앉아 결심했어요.

'그래. 선생님을 다시 만났을 때 자랑스러운 제자가 될 수 있게 열심히 살자. 공부도 열심히 하고 돈도 열심히 벌자. 그게 선생님께 보답하는 길이야.'

저는 그때 이후로 정말 더 이를 악물고 공부했어요. 잠 한 숨 안 자고 며칠씩 공부하다가 병원에 입원도 해봤고, 너무 책상 앞에 앉아 있어서 엉덩이가 온통 짓무른 적도 있었죠.

밥 먹는 시간도 아까워서 일주일 치 주먹밥을 만들어 놓고 냉동실에 넣어 놨다가 하나씩 꺼내 녹여서 먹었습니다. 반찬은 시골에서 보내준 김치 한 가지였고요. 어려운 의학 용어들은 다양한 연상법을 이용해 달달 외우고 또 외웠어요. 화장실 거울 옆에도 외워야 할 단어들을 잔뜩 써 놓고 이빨을 닦으면서도 외우고 또 외웠습니다.

그렇게 열심히 한 덕택에 저는 인턴 후 봤던 시험도, 레지던트 4년 후 봤던 내과 전문의 시험도 모두 한 번에 합격하게 되었어요. 시험에 합격할 때마다 선생님을 떠올리고 마음속으로 감사하다고 인사했죠. 그리고 좋은 기회가 있어서 미국으로 연수도 다녀오게 되었습니다.

그 이후 저는 대학병원에서 계속 일을 하다가 순환기 내과 교수가 되었죠. 그 날은 정말 선생님이 많이 보고 싶었어요. 속으로 살아 계시면 언젠가 꼭 만날 수 있게 해 달라고 기원하는 날도 많았고요.

그러고 보면 선생님은 늘 제 마음 한 쪽에 계셨어요. 저는 선생님을 잊은 적이 없었고 선생님을 대한다고 생각하고 환자를 진료했어요.

그리고 또 새로운 의학 논문들을 읽고 연구 자료도 수없이 검토했습니다. 그랬더니 어느새 환자들이 제일 신뢰하는 의사로 저를 꼽게 되었고 저는 그런 말을 들을 때마다 속으로 '이게 다 선생님 덕분이에요'라고 말씀드렸어요.

그 사이 저는 결혼을 해서 딸을 하나 두었어요. 딸을 낳은 날에는 돌아가신 부모님 생각도 많이 났지만 선생님이 만약 보셨다면 참 기뻐하셨겠지.

그런 생각을 했죠. 선생님을 떠올리며 딸 이름을 선생님과 같은 선희라고 지었습니다. 선생님처럼 마음 넓고 예쁜 사람이 되길 바라서였어요. 그리고 어느새 그 딸이 다 커서 결혼할 나이가 되었죠. 딸도 저처럼 의사가 되고 싶다며 의대에 가서 인턴을 하고 있었습니다.

"엄마, 나 만나는 사람 있는데 엄마도 한 번 같이 봤으면 좋겠어."

"그래? 결혼까지 생각하는 사람이야?"

"응, 내가 지금까지 엄마한테 내 남친 소개한 적 없잖아. 이 오빠는 진짜 내 인연인 거 같아."

딸은 부끄러운 듯 쑥스러운 표정으로 말하더군요. 저는 그렇게까지 내키지는 않았습니다. 딸 얘기를 들어보니 마음은 착하고 긍정적인 사람 같은데 크게 욕심도 없고 가진 것에만 만족하며 그 날 벌어서 그 날 쓰고 사는 사람 같았거든요.

저는 제 사위는 좀 더 야망이 크고 미래를 위해 투자하는 인물이길 바랐는데 완전 정반대인 타이프 같아서 만나기도 전에 씁쓸했죠. 하지만 딸은 그걸 참 좋게 본 것 같았어요. 딸이 그렇게 좋아하는데 제가 보지도 않고 싫다고 할 수 없어서 저는 일단 그 청년을 만나보겠다고 약속했습니다.

사위는 고등학교 교사였고 아주 선한 인상을 하고 있었어요. 교사 사위라니 부족함 없다고들 하시겠지만 전 욕심이 많았나 봅니다.

"그래, 평생 고등학교에서 아이들만 가르칠 생각인가? 대학원에 가서 박사를 하고 유학을 갈 계획은 없고?"

"네, 저는 많은 가능성을 갖고 있는 아이들에게 뭐든 마음먹으면 할 수 있다고 가르치는 사람으로 남고 싶습니다. 제가 이런 데에는 저희 큰어머니 영향이 큽니다. 아프셔서 두 번 교직을 쉬셨지만 큰어머니가 용기를 줘서 어려운 환경에서도 공부를 해서 자기 인생을 개척한 사람들이 많거든요. 그런 분들이 큰어머니한테 인사하러 올 때면 큰어머니가 자랑스럽고 저도 그렇게 되고 싶다는 생각을 많이 했습니다."

생각이 굉장히 바른 청년 같았습니다.

"정말 요즘 보기 드문 사람인 거 같네, 하지만 그러기에는 현실이 만만치만은 않을 텐데, 자네가 그러는 걸 부모님은 어떻게 생각하시나?"

"부모님도 처음에는 제가 외국 유학도 다녀오고 더 좋은 직장 갖기를 바라셨지만 요즘처럼 교사되기 힘든 때에 고등학교 교사로 일하는 것도 감사하다고 하셨어요. 제 생각도 많이 지지해 주셨고요."

라며 쑥스럽다는 듯 웃더군요.

"엄마, 왜 자꾸 그런 질문만 해? 꼭 오빠가 교사인 게 마음에 안 드는 것처럼. 나는 오빠 같은 사람이 더 많았으면 좋겠는데, 오빠가 하는 거 보면 정말 존경스럽다고. 그리고 학생들한테도 인기가 얼마나 많은데 그래, 교사가 천직이야. 타고 났다니까."

딸이 옆에서 지원 공세를 펼쳤습니다. 그렇게 좋은 뜻을 가졌다니 할 말은 없었죠. 제가 너무 속물처럼 느껴지기도 했고요. 남편은 큰 불만은 없었습니다.

문제는 저였죠. 제 딸은 더 근사한 직업을 가진 사람에게 보내고 싶었던 거죠. 하지만 저런 마음씨를 가진 사람이라면 내 딸을 믿고 맡길 수 있겠다는 생각도 들었습니다. 그래서 저는 정말 그 청년의 마음가짐 하나만 보고 딸의 결혼을 허락하였어요. 그리고 결혼식 준비는 원만하게 진행되어 양가 부모의 상견례 날이 되었어요. 저는 약속 장소인 한정식 식당에 조금 일찍 도착했죠.

환자 진료가 생각보다 일찍 끝난 것도 있었지만 중요한 자리인 만큼 먼저 가서 마음의 준비를 하고 싶은 것도 있었거든요.

제가 식당에 들어서자 젊은 직원이 나와서 예약을 했냐고 묻더군요. 저는 상견례 예약을 했다고 말했고 직원은 저에게 잠시 기다리라고 했어요.

그렇게 직원을 기다리며 서 있는데 카운터에서 "감사합니다. 다시 뵐 날을 기다리고 있겠습니다."

하는 해맑은 목소리가 들렸습니다. 아무리 생각해도 익숙한 목소리여서 카운터 쪽을 돌아보게 되었어요. 저보다 한 열 살은 많으신 것 같은 여자 분께서

63

우아하게 머리를 틀어 올리시고 앉아서 계산을 하고 있었습니다. 저는 자꾸 어디서 본 것만 같아 가까이 다가갔어요.

"네, 무엇을 도와 드릴까요?"

저를 본 여자 분이 미소를 지으며 그렇게 물으시더니 한참 저를 쳐다보셨습니다. 저도 한참을 바라봤고요. 아무래도 낯이 익었으니까요. 그리고 그 목소리의 억양, 부드럽고 우아한 느낌이 예전에 제가 알던 유선회 선생님과 너무도 닮아 있었어요.

그러고 보니 눈매라든가 얼굴형 콧날이 선생님과 흡사했죠. 저는 떨리는 목소리로

"혹시 유선희 선생님 아닌가요?"

라고 하자 그 분도

"너, 순정이니?"

라고 물으셨습니다.

그 자리에서 눈물을 터트리고 말았어요. 상견례라고 특별히 신경 써서 했던 화장이 다 무너지는데도 아랑곳없이요.

"선생님, 제가 얼마나 선생님을 찾았는데, 어떻게 이런데서 만나요. 선생님 정말 보고 싶었어요. 너무 그리웠어요. 한 시도 잊지 않았어요."

저는 통곡을 하며 그 자리에 주저앉았어요. 선생님

도 눈물을 훔치시며 제 손을 잡으셨죠.

"순정아, 너 정말 순정이 맞구나. 살아 있으니 이렇게 만나는구나. 나도 널 잊어본 적이 한 번도 없어.. 내가 아파서 어쩔 수 없이 그곳을 떠나야 했을 때 정말 마음이 아팠단다. 그래도 니가 정말 잘 산 거 같아서 기쁘구나."

"저는 언제고 살아 있을 때 선생님을 다시 뵙게 해 달라고 매일 속으로 빌고 또 빌었어요. 그래서 오늘 이렇게 만났나 봐요."

선생님도 눈시울이 붉어져서 저를 끌어 안으셨어요. 그리고 여긴 어떻게 왔냐고 물으시더라고요.

저는 상견례 얘기를 했죠. 선생님은 예약자 이름을 보더니 놀라시며 "니가 선희 엄마였니?"라고 하시는 거였어요. 저는 너무 놀라서 제 딸을 아시냐고 했고 선생님은 바로 제 사위의 큰어머니라고 하시는 거예요.

"나는 벌써 니 딸 봤지. 정우가 꼭 소개시켜주고 싶은 사람이 있다고 해서 몇 번이나 봤는걸. 너무 예쁘고 총명하고 이상하게 정이 가더라니. 니 딸이어서 그랬나보다." 라며 놀라셨어요.

저는 온 몸에 전율이 흘렀어요. 사위가 닮고 싶었던 사람이 선생님이라니!

저는 사돈 분들과 사위와 딸을 만나 선생님과의 인연을 이야기했고 그 분들과 사위도 다 놀라더라고요. 당연히 제 딸도 놀랐고요. 무엇보다 제가 딸 이름을 선생님 이름을 따서 붙였다니까 사위는 흠칫 하더군요.

처음에 제 딸한테 눈이 간 게 큰어머니 이름하고 같아서였답니다. 어떻게 이런 인연이 있을 수 있는지, 하늘은 계속 우리를 잊지 않고 지켜보시고 있다가 이렇게 엮어서 저와 선생님을 만나게 해준 것 같았어요. 그날 상견례가 끝나고 저와 선생님은 오래도록 이야기를 나누게 되었어요.

선생님은 처음 요양을 마치시고 다시 교사를 하시며 결혼도 하셨다고 했습니다. 그러나 몸이 너무 쇠약해져서 아이를 낳을 수 없었다더군요. 학교 일도 너무 무리를 해서 몸이 다시 나빠졌는데 그때도 폐가 문제가 됐다고 하셨어요. 결국 교사를 그만 두셨고 집에서 지내시다가 가끔씩 남편이 경영하는 한정식 식당에 나와서 카운터를 봐주고 있다고 하셨어요. 마침 제가 간 날이 시 조카 상견례여서 제 딸도 보고 저희 부부도 볼 겸 나오셨다는 거였습니다.

선생님은 제가 순환기내과 교수라고 하자 그렇게 될 줄 알았다며, 저는 꼭 해낼 줄 알았다고 자기 일처

럼 기뻐하셨죠. 저는 선생님 손을 꼭 잡고

"그래서 이제 몸은 좀 괜찮아지셨어요? 많이 마르신 것 같은데, 불편하신 덴 없으시고요?"

라고 물었더니 다시 몸이 안 좋아진 것 같아서 병원에 예약을 했는데 그 의사가 워낙 그 계통에 유명한 교수라 그런지 두 달도 넘게 기다려야 된다고 하시더라고요. 저는 그 말을 듣고 돌아와서 호흡기 쪽의 내로라하는 교수들에게 전화를 싹 돌렸어요.

그리고 대학병원 내에 인맥을 총동원해서 선생님이 VIP 병실에 입원할 수 있게 했죠.

"난 일반 병실도 괜찮은데, 이런 데는 어색해."

"선생님, 이거 제가 은혜 갚는 거라고 했잖아요. 제가 선생님께 보답할 수 있게 해주세요."

선생님은 웃으시면서 알겠다고 하시더라고요. 검사 결과 선생님의 폐에서 종양이 발견되었고 암의 소견이 나왔어요. 선생님은 몸이 많이 약하셔서 수술에 대한 부담이 있었는데 워낙 초기였고 표적 항암약물 치료가 가능할 것으로 보여 바로 제가 주치의가 돼서 치료에 들어갔습니다. 선생님은 우시면서

"내가 순정이 덕분에 살게 됐구나. 고맙다."라며 계속 제게 고개를 숙이셨어요. 저는 그러지 마시라면서 꼭 건강하게 만들어 드리겠다고 약속했죠.

선생님의 항암 치료가 시작됐고 아이들의 결혼식 날짜도 잡았습니다. 저는 해외 최신 논문들을 전부 찾아보고 미국 유명한 대학 병원에서 임상 진행 중인 효과 좋은 신약이 있는지 계속 알아보며 바쁜 날들을 보냈어요.

제가 있는 대학에서 연구 중인 치료제도 알아보았죠. 어떻게 해서든지 암의 전이도 막아내고 완전히 뿌리 뽑고 싶었어요. 선생님은 그런 절 보며 이런 좋은 의사를 만날 줄 몰랐다고 좋아하셨고요.

저도 너무 기뻤습니다. 제가 공부한 것으로 선생님을 도울 수 있게 되었으니까요. 힘들게 공부했던 날들에 대한 후회가 정말 눈곱만큼도 없었어요.

부모님만큼이나 제 인생에 큰 영향을 주신 선생님을 치료해 드릴 수 있으니까요. 그리고 시간이 흘러 아이들 결혼식 날이 되었어요. 선생님도 그 동안의 치료로 많이 좋아 지셔서 곱게 한복을 입고 결혼식장에 오셨어요.

사위는 저를 보더니 함박웃음을 지으며 90도로 인사를 하더군요. 저는 가까이 가서 사위 손을 잡았습니다.

"내가 자네를 잘못 알아보고 이런 저런 실례를 많이 했지? 미안하네. 내가 어느새 올챙이 적을 잊어버리고 나 혼자 잘 된 것처럼 살고 있었나 보네. 자네가 그토록 닮고 싶어 하는 큰 어머니, 유선희 선생님이 오늘의 나를 만들어 주셨는데, 자네는 더 훌륭한 제자를 많이 만들게."

"아닙니다, 장모님. 저는 섭섭하게 느낀 적 한 번도 없어요. 그리고 선희가 좀 훌륭한가요. 아까우신 게 당연하지요. 저한테 정말 넘치는 사람입니다. 그거 잊지 않고 늘 존중하는 마음으로 살겠습니다. 저와 선희의 결혼을 허락해 주셔서 감사합니다!"라는데 제 눈시울이 뜨거워지더라고요. 결혼식이 진행되고, 딸과 사위가 우리 부부와 사돈 부부에게 차례대로 인사를 했어요. 저는 그 자리에서 일어나서 선생님 앞으로 갔죠. 그리고 선생님께 큰 절을 올렸습니다.

"선생님, 시골에서 나물이나 캐고 땔감이나 주워 오던 저를 오직 책을 좋아한다는 이유로 공부시켜 주시고 문제집도 사주시고 대학교 첫 등록금까지 마련해 주셨습니다. 그런 선생님이 제 사돈 큰 어른이 되어 주셔서 정말 너무 영광입니다. 제 딸도 사위도 잘 부탁드립니다. 선생님."

사돈 내외도 저의 사정을 잘 알고 계셨어요. 눈시울을 붉히시더라고요. 다들 박수가 터졌고, 그 가운데 우는 사람들도 있었습니다. 제 딸과 사위도 눈물을 흘렸죠. 안사돈은 제게 다가와 저를 안아 주더군요.

행복한 딸의 결혼식을 울음바다로 만들어 너무 미안했지만 저는 그렇게라도 공개적으로 사람들 앞에서 선생님께 인사드리고 싶었어요.

선생님은 건강을 회복하셨고 지금은 정기적으로 검진을 받으러 오십니다. 이제 제가 은퇴하고 나면 같이 여행이나 다니자고 하시네요. 저도 그럴 날 만을 기다리고 있습니다.

이제라도 선생님의 은혜 보답하며 살고 싶어요.

대한민국을 강하고 완벽하게 한 공로자

천사 같은 시어머니

내가 11살 때 아버지가 돌아가셨다. 내 아래론 여동생이 하나 있다. 전업 주부였던 엄마는 그때부터 생계를 책임지셔야 했다. 못 먹고, 못 입었던 것은 아니었지만 여유롭진 않았다.

나는 대학졸업 후, 입사 2년 만에 결혼을 하였다. 처음부터 시어머니가 좋았다. 시어머님도 처음부터 날 아주 마음에 들어 하셨다.

10년 전, 결혼 만 1년 만에 친정엄마가 암 선고를 받으셨다. 난 엄마 건강도 걱정이었지만, 수술비와 입원비 걱정부터 해야 했다. 남편에게 얘기했다. 남편은 걱정 말라고 내일 돈을 융통해 볼 터이니 오늘은 푹 자라고 말해 주었다.

다음 날, 친정엄마 입원을 시키려 친정에 갔지만, 엄마도 선뜻 나서질 못하고 마무리 지어야 할 일이 몇 개 있으니 4일 후에 입원하자고 하셨다. 집에 돌아오는 버스 안에서 하염없이 눈물이 났다. 그 때, 시어머님의 전화가 왔다.

"지은아. 너 울어? 울지 말고……. 내일 3시간만 시간 내다오."

다음 날 시어머님과의 약속장소에 나갔다. 시어머님이 무작정 한의원으로 날 데려가셨다. 미리 전화로 예약하셨던 듯 원장님께서 나를 보고 말씀하셨다.

"간병하셔야 한다고요?"

맥을 짚어보시고 몸에 좋은 약을 한 재 지어주셨다. 그리고 어머님은 나를 백화점으로 데려가셨다. 솔직히 속으론 좀 답답했다. 죄송한 마음이었던 것 같다. 트레이닝복과 간편복 4벌을 사주셨다. 선식도 사주셨다. 함께 집으로 왔다. 시어머니께서 그제야 말씀하시었다.

"환자보다 간병하는 사람이 더 힘들어. 병원에만 있다고 아무렇게나 먹고 입고 있지 말고."

말씀하시며 봉투를 내미셨다.

"엄마 병원비 보태 써라. 네가 시집온 지 얼마나 됐다고 돈이 있겠어. 그리고 이건 죽을 때까지 너랑 나랑 비밀로 하자. 네 남편이 병원비 구해 오면 그것도 보태 써. 내 아들이지만, 남자들 유치하고 애 같은 구석이 있어서 부부 싸움할 때 꼭 친정으로 돈 들어간 거 한 번씩은 얘기하게 되어 있어. 그러니까 우리 둘만

알자."

마다 했지만 끝끝내 내 손에 꼭 쥐어주셨다. 나도
모르게 무릎을 꿇고 시어머님께 기대어 엉엉 울고 말
았다. 2천만 원이었다.

친정엄마는 그 도움으로 수술하고 치료받으셨지만,
이듬 해 봄에 돌아가셨다. 병원에서 오늘이 고비라고
하였다. 눈물이 났다. 남편에게 전화했고, 갑자기 시
어머님 생각이 났다.

나도 모르게 울면서 시어머니께 전화를 드렸다. 시
어머님은 한 걸음에 늦은 시간임에도 불구하고 남편보
다 더 빨리 병원에 도착하셨다. 엄마는 의식이 없으셨
다. 엄마 귀에 대고 말씀드렸다.

"엄마, 우리 어머니 오셨어요. 엄마, 작년에 엄마 수
술비 어머님이 해주셨어. 엄마 얼굴 하루라도 더 볼
수 있으라고."

엄마는 미동도 없었다. 당연한 결과였다. 시어머님
께서 지갑에서 주섬주섬 무얼 꺼내서 엄마 손에 쥐어
주셨다. 우리의 결혼사진이었다.

"사부인. 저예요. 지은이 걱정 말고, 사돈처녀 정은
이도 걱정 말아요. 지은이는 이미 제 딸이고요. 사돈처
녀도 내가 혼수 잘해서 시집 보내줄게요. 걱정 마시고

편히 가세요."

그때 거짓말처럼 친정엄마가 의식 없는 채로 눈물을 흘리셨다. 엄마는 듣고 계신 거였다.

가족들이 다 왔고 엄마는 2시간을 넘기지 못한 채 그대로 눈을 감으셨다. 망연자실 눈물만 흘리고 있는 날 붙잡고 시어머니께서 함께 울어주셨다. 시어머님은 가시라는 데도 3일 내내 빈소를 함께 지켜주셨다. 우린 친척도 없었다.

사는 게 벅차서 엄마도 따로 연락 주고받는 친구도 없었다. 하지만 엄마의 빈소는 시어머님 덕분에 3일 내내 웅성거렸다.

"빈소가 썰렁하면 가시는 길이 외로워……."

친정 엄마가 돌아가시고 시어머님은 내 동생까지 잘 챙겨주셨다. 가족끼리 외식하거나, 여행 갈 땐 꼭꼭 내 동생을 챙겨주셨다. 내 동생이 결혼을 한다고 했다. 동생과 시어머님은 고맙게도 정말 나 이상으로 잘 지내주었다. 시어머님이 또 다시 나에게 봉투를 내미신다.

"어머님. 남편이랑 따로 정은이 결혼 자금 마련해 놨어요. 마음만 감사히 받을게요."

도망치듯 돈을 받지 않고 나왔다. 버스정류장에 다

다랐을 때 문자가 왔다. 내 통장으로 3천만 원이 입금되었다. 그 길로 다시 시어머님께 달려갔다. 어머니께 너무 죄송해서 울면서 짜증도 부렸다. 안 받겠다고.

시어머님께서 함께 우시면서 말씀하셨다.

"지은아, 너 기억 안 나? 친정 엄마 돌아가실 때 내가 약속 드렸잖아. 혼수해서 시집 잘 보내주겠다고. 나 이거 안 하면 나중에 네 엄마를 무슨 낯으로 뵙겠어."

시어머님은 친정엄마에게 혼자 하신 약속을 지켜주셨다. 난 그 날도 또 엉엉 울었다. 시어머님께서 말씀하셨다.

"순둥이~ 착해 빠져가지고 어디에 쓸꼬. 젤 불쌍한 사람이 도움을 주지도, 받을 줄도 모르는 사람이야. 그리고 힘들면 힘들다고 얘기하고 울고 싶을 땐 목 놓아 울어버려."

제부 될 사람이 우리 시어머님께 따로 인사드리고 싶다 해서 자리를 마련했다. 시부모님, 우리 부부, 동생네. 그때 시어머님이 시아버님께 사인을 보내셨다.

그 때 아버님께서 말씀하셨다.

"초면에 이런 얘기 괜찮을지 모르겠지만, 사돈처녀 혼주 자리에 우리가 앉았으면 좋겠는데……."

혼주 자리엔 사실 우리 부부가 앉으려 했었다.

"다 알고 결혼하는 것이지만, 그 쪽도 모든 사람들에게 다 친정 부모님 안 계시다고 말씀 안 드렸을 텐데. 다른 사람들 보는 눈도 있고……."

그랬다. 난 거기까진 생각을 못했던 부분이었다. 내 동생네 부부는 너무도 감사하다며 흔쾌히 받아들였다. 그리고 내 동생은 우리 시아버지 손을 잡고 신부입장을 하였다. 내 동생 부부는 우리 부부 이상으로 우리 시댁에 잘 해주었다.

오늘은 우리 시어머님의 49제다. 가족들과 동생네 부부와 함께 다녀왔다. 오는 길에 동생도 나도 많이 울었다. 오늘 10년 전 어머니와 했던 비밀 약속을 남편에게 털어 놓았다. 그 때, 병원비 어머니께서 해주셨다고. 남편과 난 부둥켜안고 시어머님 그리움에 엉엉 울어버렸다.

난 지금 아들이 둘이다. 난 지금도 내 생활비를 쪼개서 따로 적금을 들고 있다. 내 시어머님께서 나에게 해주셨던 것처럼, 나도 나중에 내 며느리들에게 돌려주고 싶다. 내 휴대폰 단축번호 1번은 아직도 우리 시어머님이다. 항상 나에게 한없는 사랑 베풀어주신 우리 어머님이시다.

어머님. 우리 어머님.

너무 감사합니다. 어머니 가르침 덕분에 제가 바로
설 수 있었어요. 힘든 시간 잘 이겨낼 수 있었고요. 어
머님. 진정 사랑합니다. 그립습니다. 제가 꼭 어머니
께 받은 은혜, 많은 사람들에게 베풀고 사랑하고 나누
며 살겠습니다. 보고 싶은 어머님.

조지훈 僧舞 詩碑

僧 舞

趙芝薫(1920~1988)

얇은 사 하이얀 고깔은
고이 접어서 나빌레라.

파르라니 깎은 머리
박사 고깔아 감추오고

두 볼에 흐르는 빛이
정작으로 고아서 서러워라.
　빈 대에 황촉불이 말없이 녹

는 밤에
　오동잎 잎새마다 달이 지는데

소매는 길어서 하늘은 넓고
돌아설 듯 날아가며 사뿐히 접어올린 외씨보선이여.
까만 눈동자 살포시 들어
먼 하늘 한 개 별빛에 모두오고

복사꽃 고운 뺨에 아롱질 듯 두 방울이야

세파에 시달려도 번뇌는 별빛이라.

휘어져 감기우고 다시 접어 뻗는 손이
깊은 마음속 거룩한 합장인 양하고

이 밤사 귀또리도 지내는 삼경인데
얇은 사 하이얀 고깔은 고이 접어서 나빌레라.

(제주 신천지 조각공원에 세워진 조지훈의 '僧舞' 시비)

제주 시외 버스터미널에서 모슬포 행에 몸을 싣고
약 25분 동안 달리면 제주조각공원 신천지미술관이
있다. 이 미술관에는 야외 조각 전시장(350여점의 조각
품)을 비롯하여 시가 있는 동산에 60여점의 시비 조각
이 산재하여 세워졌다.

신천지 미술관은 조각가 정관모(성신여대 교수)가 미
술문화 발전을 위하여 1987년 4월 25일에 개관된 전
시공간으로 3만여 평의 드넓은 부지의 지형에 맞게 설
치되었다.

조지훈의 '승무' 시비는 마치 국수 밀판을 세로로 세
워 놓은 듯한 화강암에 시를 음각해 세워 놓았다. 불교
적 색채가 돋보이는 선적 분위기와 고전적 풍물을 소
재로 하여 섬세하고 우아하게 민족의 정서를 노래한

시인 조지훈은 1920년 경북 영양 産으로 본명은 동탁 (東卓). 가풍이 엄격하여 어려서 한학을 배웠고 독학으로 혜화전문을 마쳤다.

39년 그의 대표작 「고풍의상」「승무」등으로 「문장」지의 추천을 받아 시단에 등단하였다. 46년에는 박두진·박목월과 함께 시집 「靑鹿集」을 발간하여 이때부터 이들 3인을 청록파라 부르게 되었다. 유작으로는 조지훈시선, 한국민족운동사, 풀잎단장 등이 있다. 그의 시풍은 전통적인 운율과 선(禪)의 미학을 매우 현대적인 방법으로 결합한 것이 특징이다. 매년5월 영양 일월면 주실마을에선 지훈예술제가 열린다.(9회)

그들의 공통된 시풍은 자연을 소재로 한 자연예찬의 서정이 담겼다. 그는 근면하면서 여유 있고 정직하면서 관대하고 근면하면서 소탈한 현대의 수필가이면서 한국학 연구가로서 민속학과 민족운동사에 공헌하였다. (한국글사랑문학회장)

이진호

「충청일보」신춘문예, 「소년」동시,
군가 「멋진 사나이」 새마을노래「좋아졌네좋아졌어」,
동시집 『꽃잔치』 외 5권,
동화집 『선생님, 그림 싸요』 외 한국문인협회,
국제펜 이사, 한국아동문학작가상 외 다수

진달래꽃

시감상 **박종구**

나 보기가 역겨워
가실 때에는
말없이 고이 보내드리우리다

영변의 약산
진달래꽃
아름 따다 가실 길에 뿌리우리다

가시는 걸음걸음
놓인 그 꽃을
사뿐히 즈려밟고 가시옵소서

나 보기가 역겨워
가실 때에는
죽어도 아니 눈물 흘리우리다.

헤어진다는 것, 그것은 슬픔의 맛을 본다는 것이다. 슬픔이라는 것, 그것은 늘 아픔을 동반하고 온다. 참기 어려운 고통, 그것은 사랑하기 때문에 겪는 통과의례 같은 것이다. 그래서 어떤 시인은 너무 깊이 사랑하지 말라고 당부하기도 한다.

헤어짐, 또는 떠나려는 임에 대한 정서는 다양한 갈래의 빛깔이 있다. '나를 버리고 떠나다니, 잘 가는가 보자. 십 리도 못 가서 발병이 나고 말리라.' 이 같은 아리랑 증후군이 있다.

김소월의 이별송 진달래꽃은 아리랑 증후군의 발전이다. "떠나시렵니까? 말없이 고이 보내드리겠습니다. 어디 그뿐입니까, 가시는 길에 꽃잎 뿌려드리겠습니다. 눈물 같은 건 죽는 한이 있어도 비치지 않겠습니다." 어쩌면 처절하리만큼 순수한 사랑의 고백일 수 있다.

나의 사랑은 어디에 있는가. 피차 역겨움은 없는가. 이런 물음 앞에서 이별의 불안이 그림자처럼 드리워지는 것은 어쩔 수 없다. 사 랑, 그리고 소유라는 것, 그것은 묶어둘 수 없는 인간의 한계 밖에 있다. 그래서 우리는 이별 연습을 날마다 하고 있는 것이 아닐까. 진달래꽃은 봄의 정서, 민족의 정서, 사랑의 정서, 이

별의 정서를 넘어선 영역, 즉 인간의 영역을 넘어선
예정된 절대 섭리에 다소곳하게 따르는 순응의 성숙함
이 피어나고 있다. 그래서 초월자의 세계로 초대된다.

　산에는 갈봄 여름 없이 꽃이 핀다. 그 꽃은 갈봄 여
름 없이 진다. 저만치 혼자서 피어 있는 꽃을 보는 나
는 한 작은 새처럼 행복하다. 비로소 나의 날개도 가벼
워진다.

박종구

경향신문 동화「현대시학」시 등단,
시집「그는」외,
칼럼「우리는 무엇을 보는가」외
한국기독교문화예술대상, 한국목양문학대상,
월간목회 발행인

원점原點

김봉겸

하나가 요양원으로 실려 갔다
또 하나 화장장을 거쳐서 갔다

낡은 일기책을 덮듯이
지워내는 길이 가볍다

스쳐가는 바람에게
세월은 무심하여 눈길도 주지 않는다
일생을 매달렸던 기둥 홀로 외롭다

그러저러 돌아 오른 곳,
늦가을 하늘이 높디높다.

김봉겸

『코스모스문학』 등단, 동인지 『울림문학』 1. Ⅱ. 묵
상시집 『잊혀지지 않은 약속 그 진실함』, 『내 영혼
의 자리』 한국문인협회 회원, 한국크리스천문학가
협회 고문변호사, 법률사무소 동락 고문변호사, 광
림교회 원로 장로

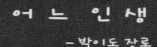

어 느 인 생

— 박이도 장로

이제야 내 뒷모습이
보이는구나
새벽안개 밭으로
사라지는 모습
너무나 가벼운
걸음이네
그림자 마져 따돌리고
어디로 가는 걸까

박이도

「한국일보」 신춘문예에 등단. 평북 선천 생
경희대 국문과 및 동대학원 졸업
시집:『회상의 숲』『북향(北鄕)』『폭설』『바람의 손끝
이 되어』『불꽃놀이』『안개주의보』등
대한민국문학상, 한국기독교시인협회문학상
현) 경희대 국문과 명예교수

밥 한 공기

김명자

멀리 사는
지인이 전화를 해서는
잘 지내냐는 짧은 안부 끝에
밥 살게! 한다
밥 산다는 한 마디 말의 길로
마음이 온다
마음이 자꾸 착해진다
마음이 마음을 착하게 한다
이 세상 어디쯤
마음 한 공기 나눌 밥
있는 까닭.

김명자

충북 영동 출생.
창조문학으로 등단 시인.
한국크리천문학가협회 회원

술.1

이상례

문득문득 시도 때도 없이
잊으려
밥보다 술을 더 좋아해 본 적 있는가
머리카락 하나까지 떨궈 버리려는
안간힘

만취한 그 순간만이라도 잊고자 했던
싸늘한 절실함도 있었는가
밤마다 잊기 위해 중독되어 가는
잠시 동안 정신을 잃을 수 있음은
차라리 행복이리라

목에 가시처럼 걸려
넘어가지 않는 술잔을 들고

생손 앓듯 아파하다
판토마임의 배우가 된다
잔을 거꾸로 거머쥐고 술을 다 마셨다는
거나한 표정 연기
그리고 아무에게도 들리지 않는
내가 연출한 무성 영화
변사는 없다

이상례

강원도 주문진에서 태어남
명지대학 사회교육대학원 문예창작 전공
창조문학 시부분 신인상
한국문인협회 회원, 창조문학가협회 회원
시집
밤바다/겨울강/구름 위의 꽃밭/술빛으로 그린 수채화

시계

정경혜

태엽이 풀린 시계는
세월이 가는지 오는지 모른다
10시가 되어야 아침인 줄 안다
커다란 추를 축 늘어뜨리고
온종일 빈둥거리며 말한다
왜 이리, 세월이 빨리 가냐고
투정부리다, 어느새
해는 서산에 걸렸네.

정경혜

「문예사조」 등단,
시집 「나목」, 「정지된 시간을 깨우는 바람」, 「
이슬처럼 풀꽃처럼」
한국문인협회, 한국크리스천문학기협회, 푸른
초장문학회 회원
한국크리스천문학상 수상,

옷

김어영

옷
온 산이 푸르다
푸르다가 지쳐버리면
낙엽이 되겠지

나도 그럴 것이다

지금은 때맞춰 옷 갈아입지만
언젠가는 벗을 필요가 없는
흙 옷 한 벌.

김어영

충남 예산 출생.
홍성고등학교 졸업, 한국방송대학교 국어국문과
졸
2007년 용인 문학』 신인상 등단.
성남탄천문학회, 용인문학회, 한국크리스천문학가
협회 회원.
시집1) 청춘이 밟고 간 꽃길
     2) 머위 잎 속의 식구들

행복

전홍구

오늘도 일하러
나갈 곳 있다는 것

오늘도 일할
힘이 있다는 것

오늘도 일 마치고
돌아갈 가정이 있다는 것.

전홍구

「문예사조」 등단,
시집 『개소리』 외 다수
한국문인협회, 한국현대시인협회, 문예사조문학상, 세
종문화예술수상, 대한민국장애인문학상 수상
평화성결교회 안수집사

귀뚜라미

김 철 민

올해도 어김없는
가을의 소리꾼
귀뚜라미

시골 담벼락
또로 또로로
사랑의 세레나데

살며 노래하며
한해살이 짧은 인생

김철민

시인 아동문학가) 명예문학박사, 한국아동문학회
(명예회장)·국제PEN한국본부 이사 역임. ·한국동
요음악협회 자문위원 전, 도산중학교 교장.한국문
인협회, 경남문인협회, 새싹회 회원
동시집: 『고향길』, 『별과 등대와 꽃편지』
『소꿉친구랑 얼굴웃음』 『함께라서 참 좋아』
동화집: 『토니는 내친구』시집: 『언제나 내게
소중한 당신』 한국아동문학작가상,21세기한국문학상본상,
교육부장관상, 국무총리표창 홍조근정훈장(대통령)

영혼 체중계

정기옥

그가 돈을 모을수록 아침마다 재는 체중계 눈금이 한 자리씩 올라갔다.

"여보, 아버님 돌아가시기 전 우리에게 물려주신 땅, 그땐 허허벌판이라 땅값이 오르리란 기대도 안 했잖아. 오늘 뉴스 들었는데 그곳을 지나는 지하철이 착공된다고 해. 조만간 금싸라기가 될 거야."

"정말? 그렇게만 된다면 우리 집도 해 뜨는 거지."

지하철이 착공된다고 기사가 나자 땅값은 천정부지로 솟아올랐다. 그는 적절한 흥정 끝에 땅을 팔았다. 그의 주머니에 갑자기 큰돈이 들어오면서 생활에 윤기가 돌았다. 그는 평소 순댓국만 즐겨 먹었다. 정육점 앞을 지날 때 진열된 한우 소고기를 보면서 군침을 흘리던 시절이 생각났다.

그는 돈 걱정이 없어지자, 한우 소고기를 양껏 사 먹을 수 있어서 행복했다. 그의 배에 기름기가 돌자, 포만감에 마음의 주름이 펴졌다. 평생 처음 아내에게 명품 가방도 선물했다. 아내는 그를 향해 맑은 미소를 짓더니 황홀한 듯 가방을 쓰다듬었다. 그가 아내에게 말했다.

"이를 악물고 살아온 보람이 있군. 12년 된 차도 새 차로 바꿀까?"

"그렇게 해."

그는 새 차를 산 다음 임대 사업자 등록을 했다. 건축물과 용적률 지번을 수시로 들여다보며 발품을 팔고 전국의 부동산을 보러 다녔다.

"안전자산은 부동산이 최고지. 하락기만 잘 버티면 반드시 오르게 되어 있어."

그는 여러 채의 집을 산 다음 전세도 주고 월세도 받았다. 매달 그에게 두둑한 현금이 생겼다. 역세권에 오피스텔과 상가 건물도 사들여 단기간에 시세차익을 챙기고 되팔았다. 그의 비밀 금고에 점점 돈이 불었다. 어느새 자린고비처럼 돈 모으는 재미가 삶의 낙이 되었다.

근래 들어 그는 자주 꿈을 꾸었다. 과체중입니다. 비만은 각종 질병을 유발합니다. 하루에 10그램씩 줄여 보세요. 꿈속에서 누군가 그의 귓가에 속삭였다. 꿈을 꾸면 몸이 공중에 붕 떠 있었다. 이게 유체 이탈인가? 공중에 떠 있으면 세상을 다 품은 듯 몽롱하니 기분이 좋았다. 그는 공중에 떠서 사방이 투명 유리창인 방 앞으로 갔다.

방안엔 수십 개의 체중계가 널려 있었다. 방으로 들어가는 입구 통유리 창에 안내 문구가 붙어 있었다. 방의 한 모퉁이 스피커에서 인공지능 로봇 음성이 흘러나왔다.

"이 방에 들어오신 여러분 환영합니다. 이 방은 영혼의 무게를 재는 방입니다. 이 방 곳곳에 체중계 저울은 영혼의 무게를 재기 위해 특수하게 제작되었습니다. 영혼의 무게를 21그램에 맞추세요. 21그램에 맞춘 사람은 빛의 갑옷을 선물로 받습니다. 이 갑옷을 입으면 어둠 속에서도 환한 빛을 낼 수 있습니다."

꿈속에서 그는 몸과 영혼이 분리되는 자신을 느꼈다. 투명한 그림자가 그의 몸 밖으로 빠지더니 천천히 움직였다. 공기 속을 떠다니며 어른거리던 그의 영혼 그림자는 저울 위로 올라갔다. 영혼 그림자는 말린 무화과 열매 같기도 하고 조그맣고 둥그런 항아리 같기도 했다.

"고객님은 어제보다 100그램이 늘었습니다. 하루에 10그램씩 빼기 바랍니다. 목표 체중은 21그램입니다."

체중계의 말에 그는 기분이 나빠졌다. 내일은 10그램이라도 줄여봐야겠군.

반복되는 꿈을 꾸고 아침마다 체중계에 올라가는 그를 지켜보던 아내가 말했다.

"얼굴이 누렇게 떴어. 건강검진 한번 받아봐."

"요즘 꿈자리가 뒤숭숭해. 맨 날 21그램에 무게를 맞추라나. 이상한 소리가 자꾸만 들려. 환청인가? 기가 약해진 건지. 진짜 영혼이 존재하는 걸까?"

정기검진을 받으러 병원에 간 그에게 의사가 말했다.

"과체중입니다. 콜레스테롤 수치가 너무 높아요. 이제 달걀노른자는 먹지 마세요."

병원 진료를 마친 그는 큰 마트로 차를 몰았다. 최고 등급 유기농 달걀 100판을 샀다. 마트 직원의 눈이 휘둥그레졌다.

"달걀 다 뭐 하시게요?"

"쓸데가 있어요."

대학 시절 동아리 활동하며 매주 봉사했던 보육원으로 차를 몰았다. 보육원 담벼락은 예전 그대로였다. 그는 원장실로 향했다. 초로의 원장이 서류 정리를 하고 있다가 그를 편안한 미소로 반겨주었다. 그가 말했다.

"보육원 뒤뜰에 닭장을 지어 드리고 싶어요. 아이들 싱싱한 달걀 실컷 먹게요. 해마다 아이들 장학금도 보내드리고 싶습니다."

원장이 연신 고맙다며 그의 손을 잡았다.

그날 밤 그는 또 꿈을 꾸었다. 꿈속에서 그는 체중계에 다시 올라갔다.

"영혼 비만 다이어트 프로젝트 본격적으로 가동되었습니다. 고객님은 체중이 어제보다 10그램이 줄었네요. 사랑의 무게와 탐심의 무게는 반비례한답니다. 축하드립니다. 계속 정진하셔서 빛의 갑옷을 선물로 받으시길 바랍니다."

특수 체중계의 말소리가 그의 귓가에 속삭이듯 울려 퍼졌다.

정기옥

계간지 《크리스천 문학 나무》 등단
유튜브 '책 먹는 즐거움 정기옥 작가' 채널 운영
칼빈대학교 복지상담대학원 인문학전공
소설집 『쉼 카페』 출간
제87회 한국 인터넷 문학상 수상
제32회 경기도 문학상 소설 부문 우수상 수상

살아 있음에 그리움만 남는다

최의상

　사람은 태어나면 언젠가는 모르지만 어김없이 죽는다는 사실을 알면서 살아가고 있다. 죽는 사람은 죽는 순간 어떤 감정으로 죽는지는 모르지만 산 사람들은 운명을 달리한 사람을 두고 슬퍼한다. 생을 마감한 고인과 인연이 깊지 않은 사람들은 "고인의 명복을 빕니다"란 인사로 애석함을 표현한다. 고인과 인연이 있었던 사람들이나 특히 가족들에게는 슬픔이 지나면 그리움만 남는다.

　인생에 있어서 영원한 것은 없다고 본다. 태양은 영원한 것이라고 생각하는 사람들도 있다. 태양의 수명은 약 90억 년으로 현재 46억 년 정도 남았다고 한다. 앞으로 46억 년은 더 빛을 발할 수 있다는 말이다. 결국 언젠가는 태양의 수명을 다 하는 때가 온다는 것이고 태양도 영원성은 없다는 말이다. 그러나 인간이 생각할 때는 46억 년이란 세월은 영원한 것이나 같다고 볼 수 있다. 인간의 수명을 길게 잡아 100살이라고 보면 46억 년이란 세월은 영원한 것이 아닐 수 없다.

　우리는 100년의 유한성의 한계에서 천하를 호령하

려는 야심으로 살다가 허무하게 사라지는 과객일 뿐이다.

"인생은 걸어가는 그림자에 지나지 않는다. 한동안 무대 위에서 뒤뚱거리다가는 곧 소문조차 들을 수 없게 되는 가련한 배우인 것이다."라고 셰익스피어가 말하였다. 셰익스피어가 살던 시대는 미디어가 없는 시대이기 때문에 아무리 유명한 사람이라도 배우가 무대에서 사라지거나 인생이 화려한 무대에서 사라져도 소문조차 들을 수 없었을 것이다. 그러나 지금은 나팔수들이 하도 많아 방방곡곡 나팔을 부는 소리를 다 들을 수 있는 시대다. 셰익스피어 시대 유명한 사람들은 사후에 아는 사람들끼리만 소문에 의하여 칭송하기도 하고 악인은 사후에 매도하기도 하였을 것이다.

그러나 지금은 즉시 전파되기 때문에 귀 있는 사람들은 역사적 심판을 중계방송에 의하여 직접 들을 수 있고 볼 수 있어 그 즉시 칭찬의 박수갈채가 천지를 울릴 수도 있고 죄인에게는 매도의 함성이 전국을 소란하게 하여 부관참시의 광경을 들을 수 있게 되었다. 인생을 자세히 들여다보면 본질은 없고 허풍스럽게 살다 가는 것이라 생각된다. 즉 인생은 걸어가는 그림자에 지나지 않는다는 허망함을 느끼게 된다.

며칠 전에 매제를 잃었다. 오랜 세월을 의자에만 의지하고 살아야 했다. 좋게 말하여 체어맨이라고나 할

까. 자기 의지대로 행동할 수 없고 주위 사람들의 보호를 받아야 자기 문제를 해결할 수 있게 되었다. 생각하는 갈대인 셈이다. 생각은 하여도 자기 스스로 행동할 수 없었다. 자기의 뜻을 이루기 위해서는 타인의 완전 도움이 필요했다.

이런 일이 한두 번으로 해결된다면 얼마나 좋겠는가. 하루가 수천 번 반복되는 가운데 매제와 그 가족의 생활은 어두운 그림자가 드리웠을 것이다. 그러나 그의 아내와 자식들은 정성을 다하여 할 수 있는 편리를 다 제공하였다. 그러다가 폐에 물이 차 시술을 받고 또 재발하여 또 시술하던 중 대상포진까지 발생하여 마침내는 생을 마감하고 장례식을 마치었다.

그동안 힘들고, 속상하고, 고통스럽고, 원망스럽고, 슬펐던 일들이 다 사라지고 살아 있는 사람들에게는 그리움만 남을 것이라고 생각된다. 나 자신도 매제에 대한 그리움만 남는다. (2024.8.28.)

최의상

「서라벌문예원」, 시 등단
시집/아름다운 사람이 사는 곳을 향하여
〔공저〕「문학의 뜨락」, 6.7.8집
초등학교 교장 정년퇴임

방콕의 두 얼굴

최 건 차

　요즘, 태국이 우리나라를 향하여 뜨거운 감자 짓을 하고 있다. 우리 정부는 그들이 6·25전쟁 때 파병했던 우방이어서 그간 비자를 면제해 주면서 잘 대해주고 있는 터이다. 이런 관계로 우리도 태국으로 여행을 많이 가고 태국인들도 관광이며 취업비자 등으로 우리나라에 많이 들어오고 있다.

　그런데 그들의 다수가 체류 기간을 어기고 있다는 것이다. 더욱이 불법 체류자 일부는 폭력과 마약밀반입 유통과 성매매 등으로 우리 사회의 시민 정서에 크게 위배되는 짓들을 하고 있는 것으로 알려지고 있다.

　현재 우리나라에 들어와 있는 외국인 불법체류자의 수가 무려 40만 명이나 된다고 한다. 태국인들의 경우 정식으로 허가를 받은 체류자는 1만 4천여 명이고, 불법체류자가 18만여 명으로 전체의 46%를 차지하고 있다. 이러한 상황을 우리 정부에서는 그대로 놔둘 수가 없어 일단 태국 정부에 협조와 시정을 요청한 바 있지만, 지금까지 나아질 기미는 보이지 않고 불체자들이 더 늘어나는 상황이다.

이에 우리 정부는 외국인 범죄자들과 불법체류자들을 색출하여 추방하고 입국을 강화하고 있다.

공항에서 입국을 거부당하고 추방된 태국인들이 자기들만을 차별했다며 소동이다. 그들은 SNS를 통하여 한국 정부에 비난을 심하게 퍼부으며 한국제품 불매운동과 한국 관광객을 일절 받지 말고, 태국에 거주하고 있는 한국인들을 추방하라는 시위를 하고 있다. 이에 태국 정부 관계자들도 이제는 한국이 필요 없다며, 중국과 일본으로 여행 가는 것이 더 좋다고 부추기고 있다고 한다. 더 나아가 총리와 국방장관이 한국에 대하여 심한 망언을 쏟고 있어 외교적인 문제로 번지게 되는 양상이다.

방콕에서는 우리나라를 향하여 야단법석들이지만, 인천국제공항이나 제주국제공항의 출입국관리는 질서 있고 깨끗하고 신속하게 잘 운영되고 있다. 반면에 태국의 유명 관광지와 호텔에서는 씀씀이가 좋고 신사적인 한국 관광객들이 오지 않고, 돈은 쓰지 않고 어지럽히기만 하는 중국인들로 경영이 어려워지고 스트레스가 쌓여 검은 그림자가 드리워지고 있다.

여타 외국인 관광객들도 줄어들고, 시끄럽고 무질서한 중국인들이 대거 몰려다니며 온갖 행패를 부려대고 있어 죽을 맛이라는 것이다. 거기다 한국에서 불법

체류자로 있다가 추방되어 돌아온 자국민들이 정부에서 대책을 세워주지 않아서 이렇게 됐다는 성토로 방콕국제공항은 때 아닌 시위장으로 변질되고 있다.

태국은 6·25전쟁 참전국이다. '리틀타이거'라는 지상군부대와 함정이며 수송기까지 보내주어, 16개 참전국 중 7번째 큰 규모의 군대를 파병해준 고마운 나라였다.

나는 카투사로 1965년 여름 경기도 운촌에 있는 미 7사단 카이져 캠프에 잠시 가 있으면서 길 건너에 주둔해 있는 태국군 부대를 방문한 일이 있다. 그들은 1,296명의 전사자를 내고 1972년 6월 12일 본국으로 철수했다.

2007년 7월 다시 옛 태국군부대를 찾아보았다. 텅빈 언덕 위에 세워진 태국군참전기념탑을 둘러보고 이 땅에서 목숨을 잃은 전사자들을 추모하면서 '혈맹의 타일랜드'라는 우방 전적지에 관한 글을 썼다.

1960−70년대의 태국은 세계 미인대회에서 두 명의 미스유니버스를 배출하는 등 이미지가 괜찮았다. 하지만 태국은 이전 같지 않게, 마약유통과 총기사용 등으로 망가져 가는 모양새다.

나는 1956년 할리우드에서 옛 태국 왕실을 빗대어 제작한 뮤지컬 영화, 율부린너와 데보라카 주연의 '왕과 나(King and I)'라는 영화를 감명 깊게 보았다. 또 1957년 아카데미 7개 부문을 수상한 작품, 알렉 기네스와 윌리엄 홀덴, 잭 혹킨스 그리고 일본인 하야가와 세슈가 열연한 '콰이강의 다리(The Bridge On The River Kwai)'도 태국 방콕이 떠올려지는 전쟁영화 명작이어서 요즘도 다시 보곤 한다.

1992년 1월 3일, 나는 방콕의 밤거리를 거닐다가 겪은 한 사건을 잊지 않고 있다. 수원 경목위원으로 태국에 단체여행을 갔을 때였다. 해군 UDT 출신의 절친한 이 목사와 방콕의 거리를 구경하자며 나섰다. 나 역시 왕년에 주먹을 좀 썼던 당수도 유단자이고 베트남전에 참전한 이력인지라, 둘이서 당당하고 의기차게 좀 위험하다는 방콕의 밤거리를 살펴보자며 투어에 나섰다. 조명이 화려한 상가들이 즐비한 거리에서 홀 내부가 훤히 비치는 카페가 있어 들어가 음료수를 마시기로 했다. 아가씨 둘이서 컵에 부은 콜라를 가져다주면서 자기들도 마시고 싶다고 해서 그러라고 했다.

콜라를 마시고 있는데, 바로 옆 테이블에 있던 유럽인들이 카운터에 항의를 하면서 시비가 붙었다. 이에 계산하고 빨리 나가려는데 몸이 약간 휘청하여 중심을 바로잡으려고 애를 썼다. 콜라에 분명 무얼 넣은 것 같아 기분이 이상하고 어지러웠다. 계산서를 보니 콜라 두 잔에 아가씨들이 마신 것과 서비스 대라며 미화 200불을 내라는 것이다. 너무 비싸다고 하니 따라오라며 남자 둘이 나타나 주방 옆의 창고 같은 곳으로 우리를 밀쳐 넣었다. 다섯 명의 남자와 음산한 인상의 두목격인 중년 여인이 우리를 쏘아보며 차고 있는 전대를 풀어내라며 한 놈이 예리한 나이프를 들이댔다.

나는 경목증을 꺼내 Police Officer라는 부분을 보이며 우리는 미션경찰관(경목)이다. 우리가 당하면 같이 온 동료들이 너희 경찰에 신고할 것이다라고 하니 수그러져 100불을 주고 나왔다. 이번 태국인들의 작태를 보면서 32년 전 방콕에서 당했던 사건이 떠올랐다. 이런 게 다 '방콕의 두 얼굴'인가 싶어 애증과 연민으로 씁쓸하다. (24. 9)

최건차

월간 「한국수필」, 「창조문예」 등단,
수필집 『진실의 입』, 『산을 품다』 외,
한국문협한국수필문학가협회 이사,
수원 샘내교회 담임목사

고마운 은인들

신외숙

은혜는 물에 새기고 원수는 돌에 새긴다는 말이 있다. 조금 다르기는 하지만 내로남불이라는 말도 있다. 지난 정권에서 가장 많이 회자되던 말이다. 다음은 내 단편소설 '춘천에서' 나오는 대목이다.

〈대학 졸업하고 처음 갖는 직장이었다. 천둥벌거숭이처럼 철없고 어리석은 게다가 겁이 많고 소심한 나였다. 얼마나 철이 없고 어수룩했는지 부임한 지 일주일도 안 됐는데 교육청에서 교육감님이 학교를 방문해 신신당부하며 말했다.

"아직 어린 여선생님입니다. 서울에서 멀리 떨어져 이곳까지 왔는데 교장 교감 선생님 여러 선생님들께서 각별히 관심 가지시고 잘 보살펴 주시기 바랍니다. 더구나 이곳은 군 주둔지역 아닙니까?"

교육감은 자동차를 타고 떠나는 순간까지 내 안위를 부탁했다. 그땐 잘 몰랐었다. 그것이 배려이고 돌봄이라는 사실을. 〈그리고 35년 세월 동안 까맣게 잊고 살았다〉

교육감님의 당부 때문이었을까. 교장 교감 선생님도 내게 각별한 배려를 해주셨다. 교장 선생님께서는 내가 세든 집까지 방문하셔서 직접 문단속하는 것까지 일러주셨다. 교감 선생님께서는 장부 정리도 서툰 내게 꾸중도 안 하시고 격려해 주셨다.

혼자 생활하는 내게 교회 나가서 신앙생활 하라고 조언도 해주셨다. 농담도 위트 있게 하셨고 한번도 거친 언사가 없었고 인격도 훌륭하여 존경의 대상이 되신 분이시다. 또 교육자로서의 능력도 탁월하셔서 이듬해 읍내에 있는 학교로 전보 발령되어 가셨다.

그 당시 군내 교육청에서 웅변대회가 있었는데 아이들을 데리고 직접 웅변 연습을 시키는데 목소리가 학교에 쩌렁쩌렁 울렸다. 그곳을 떠나오던 날 근무하시는 학교에 찾아가 마지막 인사를 드리고 왔다. 내 아픔을 듣고 나신 후에도 교감 선생님께서는 인간관계에 대해 조언을 해주셨다.

그분의 높은 인격과 교육자로서의 성과는 오랜 세월 속에서도 잊히지 않는다. 나보다 6살 많은 여교사도 있었는데 그분은 내게 삶의 기본적인 자세부터 처세술도 가르쳐 주셨다. 천방지축 어리석은 내게 조언과 업무에 있어서도 상세하게 가르쳐 주신 분이시다.

그분의 배려와 관심이 없었더라면 직장생활은 거의 불가능했을지도 모른다. 그분께 감사의 표시도 제대로 못하고 떠나온 게 내내 후회된다. 그분은 이후에 신학생과 결혼했는데 훌륭한 목회자의 사모가 되었으리라 생각해 본다. 그때 학교 관사에서 함께 살고 있던 교사 사모님들도 내게 배려와 조언을 해주셨다. 그분들은 내 허물도 덮어주면서 넉넉한 선심을 베풀어 주셨다. 내가 말실수를 할 때도 나서서 변호해 주셨고 선한 도리를 알게 했다. 가끔 험한 인심을 만난 적도 있었지만 나중에 생각해 보니 모두 득이 되는 결과로 나타났다. 삶의 질곡을 헤매고 있을 때 상담해 주시던 목사님도 계셨다. 정신없이 말하는 내게 아마 그때 멘붕 직전이었던 것 같다. 내게 소녀 적 감상에서 벗어나라고 말씀하시는데 비로소 아! 하고 깨달음이 왔다. 그랬었구나 하고. 잘못된 선택을 하려는 순간 결정적인 조언으로 위기를 모면하게 한 분도 있었다. 그는 신실한 신앙인이었는데 그의 조언으로 나는 내 어리석음의 실체를 알 수 있었다. 그분의 조언이 아니었으면 평생 후회할 잘못된 결정을 했을지도 모른다. 하늘이 무너지는 것 같은 상황에서 극단적인 선택을 생각할 때 화살기도로 도움을 주신 선교사님도 계신다.

그 기도 덕분으로 생각이 순식간에 바뀌면서 지옥에서 천국으로 상황이 바뀌었다. 상처와 모멸감을 주었지만 결정적인 순간에 도움을 주었던 지인들은 수도 없이 많다. 그런데 도움 받은 기억은 순식간에 사라지고 상처받은 기억은 오래도록 남아 있다. 그러면서 혼자 하는 말이 병 주고 약 주더라는 식이다. 어린 시절

내게 작가로서의 꿈을 실어준 교회 오빠도 있다. 내 소설 속에 자주 등장하는 그는 내게 사랑을 주진 않았지만 내 꿈과 의지를 확인시켜 준 고마운 은인이었다. 어둠 속을 헤매는 듯한 혼미하던 시절, 내게 다가와 달란트에 대해 상담하며 작가로서의 꿈을 재차 확인시켜 준 자매도 있다. 다들 내 꿈을 모욕하고 비웃었는데 처음으로 가능성을 비치며 격려해 주었다. 대학원을 나와 상담자로 활동하는 자매는 내 거친 언사에도 지혜롭게 조언해 주어 신뢰감을 주었다. 교회 내에서도 알게 모르게 도움과 기도로 후원해 준 많은 분들이 있다.

내게 있는 마음과 육신의 질병을 놓고 신유의 기적을 체험하게 하신 목사님과 중보기도자들도 많이 있다. 여행을 떠날 때면 동행해 주며 끝없는 내 문학 이야기를 들어주고 힘을 실어준 지인들도 많다. 등단 초기부터 내 문학여정에 많은 도움과 힘을 실어준 지인들은 수도 없이 많아서 일일이 기억하기 어려울 정도다. 그럼에도 은혜 받은 기억은 쉽게 잊히고 상처와 해코지 당한 기억은 오래도록 남아 영적전쟁의 불씨가 된다. 20여 년 전의 일이다. 교회 마당에서 모 장로님을 뵈었다. 장로님은 모 대학병원 CEO였다. 내가 병원에서 검사받을 때마다 편의를 봐 주셨다. 그런데 그 당시 인간관계에 스트레스 받는 일이 많았었다. 그래서 교인들과 대화 중인 장로님께 다가가 말했다.

"장로님, 저한테 상처 주고 해코지하는 인간들이 있어서 스트레스 받고 화나요."

장로님은 대수롭지 않게 여기며 말씀하셨다.

"뭐, 그 사람들도 입이 있으니까 말할 수 있는 자유는 있는 거야, 내버려둬 그러다 말겠지 뭐."

그런데 뒤돌아 생각해 보니 그 말이 명답이었다. 말할 수 있는 자유는 누구에게나 있는 것이었다. 그 말때문에 내가 상심하고 힘들어 할 이유는 없는 것 같았다. 굳이 인정받을 필요도 없다. 언젠가 교회 마당을 걸어가고 있는데 어떤 자매가 다가와 말했다.

내가 쓴 책을 주면 자기가 읽고 평가해 줄 용의가 있다고 했다. 내가 자기한테 부탁한 것도 아닌데 마치 큰 선심이라도 쓰는 것처럼 생색을 내는 것이다. 속으로 말했다. 내가 왜 너 같은 인간한테 평가받아야 하냐? 너 아니라도 독자는 많다.

"안 읽어 주어도 괜찮아요, 자매 아니어도 내 책 읽어 주는 독자는 얼마든지 있어요, 정 읽고 싶으면 서점에 가서 사서 읽으세요."

피해의식의 대표적인 예가 과거의 나쁜 기억만 하는 것이다. 부정적인 감정으로 오해가 발생할 여지가 있다는 걸 알면서도 굳이 옛 기억을 떠올려 현 상황을 해석하고 판단하는 것이다. 긍정적인 사고는 좋았던 기억을 거울삼아 사는 것이다.

긍정적인 마인드로 살아갈 때 마음도 편하고 행복 지수도 넓어질 것이다. 굳이 나쁜 기억을 끌어올려 마음 고생할 일이 무엇이 있겠는가. 이왕 한번 살다 가는 인생 좋은 감정으로 살다 가면 그만인 것을. 가끔씩 생각해 본다. 과거에 도움을 주었던 지인들을 만난다면 식사 대접하면서 감사를 표시하고 싶다. 그때 도와주셔서 너무 감사했노라고. 그리고 다짐해 본다. 앞으로 은혜는 돌에 새기고 원수는 물에 새기며 살겠다고.

신외숙

「한국크리스천문학」 등단.
창작집 『그리고 사랑에 빼앗긴 자유』
장편소설 『여섯 번째 사랑』 외 24권
에세이집 『바람이 불어도 가야 한다』
순수문학상. 엽서 문학상 수상

사랑으로 안아주기

강덕영

미국 어떤 병원에서는 질병치료의 한 방법으로 '안아주기'를 처방한다고 한다. 그래서 아예 전문적으로 안아주는 직업도 있다고 한다. 우울증 환자들을 비롯해 다양한 환자들을 포근하고 부드럽게 안아 줌으로 치료효과를 거두고 있다고 들었다. 이 '안아주기' 치료는 30분에 60달러, 1시간에는 100달러 정도로 치료비가 비싸다고 들었다.

여성을 다정하게 안아줄 경우 여성에게서 옥시토신이라는 호르몬이 분비되어 세포를 활성화시키고 병 치료에 효과를 본다는 것이 의사의 이론이다. 특히 면역력이 오르는데 남성도 마찬가지로 이 호르몬이 분비되어 동일한 치료 효과가 있다고 한다.

이 호르몬은 안아주는 것 같은 육체적인 접촉뿐만 아니라 정신적으로 선행을 베풀 때에도 분비된다고 한다. 평생 빈민을 위해 헌신적으로 봉사한 테레사 수녀의 이름을 따 '테레사 효과'라고 부르기도 한다.

즉 다른 사람을 용서하고 배려하며 따뜻하게 정신적으로 안아줄 때 이 호르몬이 나와 자신의 병도 치료

한다는 설명이다. 직접 선행을 하지 않더라도, 다른 사람이 하는 선행을 보고 감동하기만 해도 이런 간접 효과가 있다고 한다. 용서와 화해의 행위가 자신의 건강을 증진시키고 무병장수하게 해준다는 것은 놀라운 일이 아닐 수 없다.

언론에서 가장 자주 나오는 뉴스 중의 하나가 어린이집 교사나 보모가 원생들을 학대해 경찰의 수사를 받는 이야기다. 이 때마다 모든 국민들이 어떻게 저런 무식한 행동을 할 수 있는지 이해를 못하며 분노를 심하게 터뜨리곤 한다.

아주 오래 전이긴 하지만 내가 어린 손자 4명을 동시에 돌보아야 하는 상황이 있었다. 얼마나 시끄럽고 장난을 치는지 2시간 남짓 보았는데도 완전히 녹초가 되고 말았다. 수십 명을 돌보고 먹이고 가르쳐야 하는 보육교사가 얼마나 힘들지 충분하게 이해가 되었다.

문제가 된 보육교사들은 떠들고 장난치는 아이들을 돌보는 버거운 현실에 짜증이 났고 화를 참지 못해 이런 결과로 이어진 것이라 여겨지고 일면 이해가 되었다. 장난치는 아이를 감싸주고 사랑한다고 말하며 네가 지금 한 행동이 잘못됐다는 것을 잘 타일러주었다면 하는 아쉬움을 가져본다.

사실 보육교사는 월급도 적고 격무에 시달리는 사

회적 약자다. 이런 사건으로 어린이집 교사들을 매도하지 말고 오히려 우리가 보육교사를 사랑으로 안아줄 차례라고 생각한다. 그래서 그 사랑이 진정 아이들을 사랑하게 하고 아이들을 따뜻하게 보살피는 방법을 가르쳐주게 되는 것이라 여긴다.

성경은 '왼뺨을 맞으면 오른뺨도 내밀어라', '겉옷을 빼앗기면 속옷도 주라'는 현실적으로 이해되지 않는 가르침을 한다. 그런데 이 말이 맞는 것이 상대를 이해하고 안아줄 때 분노는 사라지고 사랑이 샘솟고 옥시토신이 분비돼 건강에 좋은 효과를 나타낸다. 결국 성경이 진리인 것이다.

주변의 가족과 약자, 소외된 이들을 안아 주자. 설사 나를 괴롭히고 저주한 자들까지도 품어주면 결과적으로 내가 결국 더 큰 하나님의 은혜와 도우심을 입는 것이라고 생각해 보자. 분노와 화냄은 결국 내게 다시 돌아오는 부메랑과 같다.

강덕영

『한국크리스천문학』 등단,
한국외국어대 및 경희대 대학원 졸업
저서 『그럼에도 불구하고 할 수 있다』 외 다수,
대한신학대학원대학교 이사장 역임,
현) 한국유나이티드제약 사장

복(福)과 덕(德)

최민호

세상에는 복(福)이 많은 사람이 있고, 덕(德)이 많은 사람이 있습니다. 복은 받는 것, 덕은 주는 것입니다. 상술하면, 복은 부귀, 영화 등 세상의 좋은 것을 내가 받습니다. 덕은 그 좋은 것을 남에게 베풉니다.

누구나 당연히 복을 많이 받기를 소원합니다. 그런데 복을 받기 위해서는 덕을 베풀어야 한다는 것이 세상의 진리입니다.

적선지가(積善之家)에 필유경(必有慶)이요.

적악지가(積惡之家)에 필유앙(必有殃)이라.

선을 쌓는 집에는 반드시 기쁜 일이 있을 것이요, 악을 쌓는 집에는 반드시 재앙이 있을 것이라.

적덕과 행악.

우리 속담에는 더 절절한 말이 있습니다.

"남의 눈에 눈물 나게 하면 내 눈에는 피눈물이 난다."

성경에도, "내가 하고 싶지 않은 일을 남에게 시키지 말라"라고 했다지요. 일과 사람은 선의와 정의로 대해야 하되, 그러할 때와 그렇지 아니할 때 보상과 대가

가 따른다는 이치를 명심하라는 의미지요. 그런데 공직자로서 덕에 관하여 참으로 모순적인 말을 들은 적이 있습니다.

상덕부덕(上德不德)

노자가 한 말씀입니다. 의미가 매우 아리송해 여러 해석이 있으나 어느 중학교 선생님의 저에게 해주신 말씀이 지금껏 가슴에 와 닿습니다.

'큰 덕(上德)을 행하는 자는 부덕한 자로 욕을 먹는다는 뜻입니다. 덕에는 큰 덕, 작은 덕이 있습니다. 큰 덕일수록 많은 사람에게 좋은 일이 되는 것은 두 말할 필요가 없습니다. 작은 덕은 누구나 행할 수 있습니다.

진정한 큰 덕은 국민, 국가, 그리고 지역의 발전을 위해 지도자가 행하는 대단위의 일입니다. 그런데 일이 커질수록 반드시 반대가 따르고 이해관계가 부합하지 않을 때 그들로부터 욕을 먹습니다. 대다수의 수혜자는 말이 없습니다. 그러나 소수의 피해자는 목소리를 높이고 목에 핏대를 세우며 반대합니다. 결국 상덕의 행위자가 부덕한 자라 지탄받는 일이 부지기수입니다.

세종대왕이 위대한 한글을 창제하셨을 때도 최만리 등 일부 학자가 온갖 그럴듯한 주장으로 끝까지 반대했던 일도 그 중의 하나겠지요.

위대하다는 것은 오해받는 것이다.(To be great is to be misunderstood)

미국의 철학자 에머슨(Ralph Waldo Emerson)의 말도 따지고 보면 노자의 '상덕부덕'과 일맥상통해서, 인간사 동서고금 언제 어디서나 똑같다는데 허허허. 쓴웃음이 쳐집니다. 지금 세상에 이런 일이 너무도 많이 일어납니다. 미래를 위해, 많은 사람을 위해, 꼭 필요한 일이지만 소수에게 불이익을 끼친다 하여 그 사람들에게 가로막히는 일들 말입니다.

임진왜란 때 김성일과 황윤길의 왜에 대한 서로 다른 주장에 대처한 선조의 결정을 떠올려 봅니다. 선조가 '국가 명운을 위한 전쟁 준비'라는 상덕을 무시하고 안일하게 대처하다 큰 화를 입은 역사가 우리를 뼈아프게 합니다. 역사는 반복되고 인간은 변하지 않는 것 같습니다.

최민호

「한국크리스천문학」 등단, 국무총리 비서실장, 행정중심복합도시 건설청장, 행자부소청심사위원장, 충청남도 행정부지사, 홍익대 초빙교수(행정학박사), 영국 왕립행정연수소 수료, 일본 동경대 대학원 졸업, 미국 조지타운대 객원연구원
현) 제4대 세종특별자치시 시장

하필 허당에 빠진 국자 / 충청도 사투리로 쓴 / 명랑 소설

넷째 남자(5)

그 말에 하필이 만족했다.

"그려. 그래서 너는 내 딸여. 너만 믿으면 되쟈?"

"알았어. 일은 부려먹으면서 왜 그렇게 이상한 소리를 많이 해 아빠."

"부려먹은 건 아녀. 지가 좋아서 허는 일이께. 허지만 나도 생각이 따로 있어서 부려먹을 만큼 부려먹을 겨."

하필은 그러면서 허당 앞으로 아무도 모르게 따로 떼어놓은 돈을 세어 보았다. 한 달 동안 그 앞으로 모아 놓은 것이 2백만 원이 넘었다. 그래서 저금통장을 하나 만들 생각으로 허당한테 이런 말을 했다.

"허당이, 나허고 일한 날짜도 솔찬히 지났는데 내가 허당이 못 믿어서 하는 말이 아니께 들어 줘. 주민등록허고 도장을 좀 줘야 것어. 허당이 본명은 맞지?"

"알았슈. 내 주민증하고 도장이 여기 있으께 확인할 거 있으면 자세히 보고 돌려주세유."

"알았어. 내일까지만 내가 보관했다 줄 겨. 괜찮지?"

"야. 언제든지 가지고 계셔도 되어유. 날 못 믿겠으

면 그냥 가지고 계셔유."

"아녀. 못 믿어서 그런 건 아니니께 섭히 생각은 마."

"알았슈."

허당은 주문서에 있는 책을 찾아 한쪽에다 모아 놓고 생각했다.

'이상한 일여. 이 고서는 누가 찾는 겨? 그 신사분이 이런 책을 또 구해 달라고 했는디 내일도 하나 끼워들고 나가 봐야 것지.'

도서관에서는 책을 이렇게 많이 주문하는데 서점들은 왜 장사가 안 된다고 책을 다 버리는지 알 수가 없다. 서점뿐만이 아니다. 출판사에서는 똑같은 책을 산더미처럼 쌓아놓고 다 실어가라는 거다. 그래서 책 곳간에는 똑같은 책들이 수두룩하다.

한쪽 구석에 처박아 놓은 고서더미는 엿장수도 안 가져갈 물건들이다. 그 중에 하나를 주었더니 신사분이 큰돈을 서슴지 않고 내주었다. 내일도 그분이 그렇게 돈을 줄까 생각하고 열 권 묶는 속에 고서 하나를 끼워 넣고 퇴근했다.

다음날 아침 허당이 나타나자 하필이 진지하게 말했다.

"허당이, 정거장에 가서 책을 거저 주고 오다가 말인디. 낯모르는 사람이 책을 어디서 그렇게 가져오느냐고 묻거든 대답허지 마."

"왜유?"

"그건 하우가 나헌티 한 말여. 뭣 땜인지 갸한테 물어봐."

"알았슈. 정거장 가서 책 나누어 주고 올게유. 그리고 배고픈 손님 만나면 국자돼지국밥집으로 모셔드리고 올게유."

"그려, 잘 생각했어. 국자가 아주 좋아할 겨. 국자는 자네를 아주 좋아허니께."

하필은 허당이 국자네 집에 가서 얼씬거리는 걸 좋아했다. 그래야 하우하고 떼어놓을 수 있다고 생각해서였다.

버스 정거장에는 어제 그 신사분이 먼저 나와서 기다리고 있었다.

"어서 오시게. 반갑네."

"어제는 고마웠어유."

"내가 부탁한 책 가져왔나?"

"예, 여기 이거유."

"음. 고맙소. 오늘은 돈이 모자라서 30만 원만 주어야겠는데 괜찮겠소?"

"고맙쥬. 그냥 가져가셔도 괜찮유."

신사는 돈을 건네주고 물었다.

"어디서 이런 책을 가지고 오시나?"

"그냥유."

"이런 책이 많이 있소?"

"야."

"그 책방을 한번 가 봐도 되겠소?"

"그건 안 되쥬. 거긴 책방이 아뉴."

"책방도 아니면서 어떻게 날마다 이렇게 많은 책을 가지고 나오시오?"

이때 차에서 지팡이를 짚은 영감이 내렸다. 허당은 부지런히 따라가 인사를 했다.

"할아버지 대간하시쥬?"

"그려, 난 차멀미를 혀서 고생이 심혔어. 그런디 자넨 누군디 인사꺼지 허는겨?"

"저는 정거장에서 차 기둘리는 사람들한티 책을 나누어주고 시장하신 분들은 싸고 맛있는 식당으로 안내해 주는 사람이쥬."

"어디 그런 식당이 있는겨?"

"예, 절 따라 오시쥬."

허당이 이렇게 말하고 신사분 앞을 지나가며 인사를 깍듯이 했다.

"고마워유. 편히 가셔유."

신사는 점잖게 말했다.

"고맙소, 내일 또 봅시다."

허당은 인사를 하고 돌아서며 속으로 생각했다.

'저 신사분은 누구실까? 알 수 없는 분이 무엇에 쓰려고 그 고물 책을 돈을 주고 사가는 것일까?'

허당은 노인을 모시고 국자네 식당으로 갔다. 국자는 손님보다 허당이 예뻐서 싱글벙글 웃으며 상을 정성껏 차렸다.

손님은 허기진 배를 국밥으로 채우고 나갈 땐 4500원 짜리 국밥이지만 거스름돈을 안 받고 5000원을 주고 나가며 만족해했다.

허당은 손님이 가는 길까지 안내해주고 책 곳간으로 부지런히 갔다. 그리고 39만 원을 하필한테 내놓고 말했다.

"그 시커멓고 누런 고물 책을 사는 사람이 돈을 많이 주네유. 왜 그럴까유?"

"나도 모르지. 사람마다 취미라는 게 있으니께."

이때 하우가 다른 날보다 일찍 퇴근하여 왔다. 허당을 보고 반가운 눈으로 인사를 했다. 허당은 궁금한 것을 다짜고짜 물었다.

"주인어른이 나한티 말씀허시는데……."

아우가 알아듣고 금방 대답했다.

"그 말씀요? 앞으로 우리 곳간을 아무나한테 알려주

면 안 된다는 말씀이었지요?"

"야, 그런디 왜 그러시쥬?"

"여러 해 동안 서점과 출판사들이 장사가 안 된다고 폐업을 하기도 하고 다른 사업을 한다고 책을 다 내버려서 도서관에서는 비치할 책을 구하기가 힘들어졌어요."

"그려유?"

"앞으로 책을 버린 출판사나 서점이 우리 곳간을 알면 자기네 책이라고 빼앗으러 올 수도 있어요."

"그럼 우쩌쥬?"

"그래서 비밀로 하려는 거예요. 아셨지요? 서점에 없는 책을 우리 도서관으로 여기저기서 주문이 들어오고 있어요."

"그럼 하우두유두쥬!"

하우 얼굴이 백일홍이 되어 활짝 웃으며 받았다.

"허당 씨, 하우두유두! 호호호."

허당도 좋아서 하하대고 크게 웃었다. 위층에서 일하던 하필이 그 소리를 듣고 호랑이처럼 내려다보고 꾸짖었다.

"뭔 소릴 그리 허구 시시덕거리는 겨?"

하우가 대답했다.

"우리 아빠가 겉보다는 속이 깊고 넓다고 했어."

하필이 그 소리는 솔깃했다.

"하하하. 그려? 내 흉은 보덜 마."

그렇게 하루가 지났고 다음 날도 하우는 책 주문서를 몇 장씩 들고 왔다. 허당이 궁금해서 물었다.

"요새는 웬 책 주문이 도서관으로 몰린대유?"

"이유가 있어요. 2010년경부터 지금까지 사람들이 스마트폰에 빠졌다가 차츰 시력이 나빠지고 내용이 유익한 것도 많지만 사회적으로 해로운 영상이 쏟아져 나와서 천한 사람들이나 보는 물건처럼 되어 하이칼라 젠틀맨들은 스마트 폰을 버리고 책을 읽는 경향이 늘어난다는 거예요. 그래서 책을 구하는 사람은 많은데 서점이 드물고 출판사도 몇 안 남았는데 책도 없다는 거예요. 그런데 내가 주문서의 책을 구해다 납품하니까 소문이 나서 우리 도서관으로 몰려드는 거예요."

허당은 그 말이 무척 반가워서 소리쳤다.

"하우두유두우우!"

하우도 같은 소리를 질렀다. 그 소리에 하필이 다가오며 호통을 쳤다.

"그 뭔 소릴 해대는 겨. 하우두유두가 뭔 소린디 내 귀에도 익도록 해대는 겨?"

하우가 대답했다.

"아빠, 우리 부자가 될 것 같다는 소리야."

"그 소리가 부자 되는 소려?"

"그렇다니까 아빠."

"그렇다면 나도 날마다 하우두유두할 테니께 그래도 괜찮지?"

"그럼요, 아빠. 하우두유두!"

부자 된다는 소리라니 하필이 좋아서 아주 크게 '나도 하우두유두다' 하고 소리치고 이층으로 올라갔다. 허당이 하우한테 물었다.

"이상해유. 사람들이 스마트 폰에 붙어서 못 떨어질 줄 알았는디 뭔 바람이 불어서 사람들이 책으로 돌아올까유?"

"얼마 전에 테리비전에 나온 어떤 토속학자가 이런 방송을 했대요. '사람의 공짜심리와 욕심'이라는 제목으로 세미나에서 연구발표를 했는데 그 사람이 말하기를 '이제 스마트 폰 시대도 다 지나가고 있다. 이유는 첫째 사람들의 블루 라이트로 시력이 나빠지고 있고, 그 다음 나쁜 것은 각종 게임이라는 콘텐츠로 사행심리를 자극하여 사람들이 모두 일 안 하고 거저먹으려는 공짜심리로 건전한 사회성을 잃고, 더 나쁜 것은 차마 남한테 보여줄 수 없는 누드와 포르노가 범람하여 젠틀맨들이 거기서 떠나 독서로 소양을 갖추려는 패러다임이 작용하기 때문'이라고 했대요. 그 말에 동감을 하는 사람들이 스마트 폰은 꼭 필요할 때만 사용하고 모두가 책으로 돌아오고 있기 때문이라는 거예요."

허당은 속으로 놀랐다. 누군가 자기하고 똑같은 주장을 한 사람이 어딘가 있다는 사실 때문이었다.

'세상은 넓고 사람도 많으니께 그럴 수도 있는거. 나혼자만 그렇게 생각하고 있다는 것이 좀 거시기했는데 그렇다면 참 다행이여. 나만 주장한다면 그건 내 편견이겠지만 그런 사람이 더 있다는 건 내가 보는 사회나 그 사람이 보는 사회나 같은 것이 아닌가.'

잠깐 이런 생각을 하는데 하우가 물었다.

"허당 씨, 무슨 생각을 그렇게 해요?"

"아, 아무것도 아녀유."

이때 국자가 갑자기 나타났다.

"허당 총각 나 좀 봐."

"왜유?"

"우리 집 화단에 일났어. 가서 좀 도와줘."

"야."

이렇게 대답하고 허당은 하우를 힐끗 보고 국자 뒤를 따랐다. 국자는 하우가 들으라는 듯 한마디 했다.

"날 이상허게 보지 마. 허당은 우리 사람이라 내가 아쉬울 때는 부르는 거니께."

허당은 그 말이 마음에 안 들었지만 참고 국자네 화
단으로 가 보았다. 흐드러진 꽃들 사이를 벌 나비가
날고 향기가 풀풀 풍겼다. 국자가 허당을 데리고 식당
안으로 들어갔다. 언제 마련했는지 돼지 삼겹살을 삶
아 놓고 말했다.

"허당 총각이 하우하고 너무 가까이 지내는 것이 거
시기해서 떼어놓으려고 일부러 불렀어. 이것이 몸에
아주 좋다기에 준비했으니께 맛나게 먹어."

허당이 젓가락을 들고 고기를 집으려는 순간 윤달
이 나타나 신경질적으로 말했다.

"엄마아! 이게 뭐야?"

그리고 쌩하고 나가 자기 집으로 들어갔다. 국자가
민망하여 어쩔 줄을 모르고 주절거렸다.

"허당 총각 섭히 생각 마. 쟤가 속없이 그러는 거니
께."

허당은 머쓱해져서 그만 자리에서 일어섰다. 허당
이 나가는 것을 본 국자가 자기 집으로 쪼르르 달려가
윤달이를 닦달했다.

"이년아, 네가 사람이냐 짐성이냐. 사람을 앞에 두
고 그게 무슨 짓거리여어 응?"

윤달이 바락 대들었다.

"왜 날마다 저런 꺼벙이를 데려다 놓아 내 눈에 띄게

하느냐고?"

"뭣이 우뗘? 네가 사람 보는 눈이 그것밖에 안돼야?"

"나는 한번 싫으면 다 싫어. 그 꺼벙이 다시는 우리 집에 들이지 마!"

국자는 윤달이를 한 대 쥐어박고 싶은 걸 억지로 참고 돌아서서 가게로 나오고 말았다. 그리고 중얼거렸다.

"허당 총각이 내 눈에는 선비로 보이는데 윤달이 눈에는 무엇이 씌워서 꺼벙이로만 보일까."

허당은 돌아가면서 생각했다.

"왜 우울할 때마다 하우 생각이 날까? 윤달이는 꼭 잠깐 피어 요란하게 향기를 날리다 지는 장미 같은데, 하우는 조용히 곱게 피어 벌 나비를 모으고 한 여름 노래하는 백일홍 같아. 내 맘은 백일홍 꽃 속에 파묻히고 싶은데…… 아무래도 나는 하필 어른을 보아서라도 허우를 가까이 하면 안 되는디."(13에 계속)

심혁창

경기 안성 출생
「아동문학세상」 등단, 장편동화 「투명구두」, 「어린공주」 외 50권, 한국문인협회, 사)한국아동청소년문학협회 회원, 한국크리스천문학상, 국방부장관상, 아름다운글 문학상 수상,
도서출판 한글 대표

홀로코스트 (12)

그런 속에서 엘리위젤은 하나님보다도 그 인생이 그토록 오랫동안 매달렸던 하나님보다도 스스로가 훨씬 강력함을 느꼈다. 기도에 열중하는 회중이 마치 낯선 사람들처럼 보였고 그들 사이에 자기가 서 있다고 느꼈다. 예배는 사자(死者)를 위한 기도인 '카디쉬'(Kaddish)를 바침으로써 끝났다.

회중은 모두 그들의 양친들, 그들의 자식들, 그들의 형제들, 그리고 그들 자신을 위한 '카디쉬'를 바쳤다. 모두는 오랫동안 집합장에 모여 있었다. 어느 누구도 감히 그 신기루의 망상 속에서 빠져나가지 못했다. 취침시간이 되어서야 재소자들은 천천히 각자의 막사로 발길을 돌렸다. 엘리위젤은 그들이 서로 "새해 복 많이 받으세요." 하고 인사하는 소리를 들었다.

엘리위젤은 아버지를 찾으러 달려갔다. 그렇게 달려가며 더 이상 하나님의 축복을 믿지 않으면서 아버지에게 "새해 복 많이 받으세요."라는 인사를 할 수 있을까 망설여졌다.

아버지는 무거운 짐이라도 지고 있는 듯이 두 어깨를 축 늘어뜨리고 머리를 숙인 채 벽에 기대 있었다. 엘리위젤은 아버지에게 다가가 손을 잡고 거기에 입을 맞추었다. 그 손등에 눈물이 한 방울 떨어졌다. 누구의 눈물일까? 아버지의 눈물? 아니면 아들의 눈물? 부자는 아무 말도 하지 않았다. 그러나 그때처럼 우리 부자가 그토록 명료하게 서로를 이해한 적은 일찍이 한 번도 없었다.

벨 소리가 울리며 모두를 현실로 돌아가도록 다그쳤다. 취침시간이 된 것이다. 모두는 현실로 돌아왔다. 엘리위젤은 자기에게 기울고 있는 아버지의 얼굴을 올려다보았다. 그리고 그 늙고 깡마른 얼굴에서 어떤 미소 같은 것, 적어도 그와 비슷한 어떤 것을 찾아보려고 애썼다. 그러나 아무것도 없었다. 어떤 표정의 그림자 하나 비치지 않았다. 아버지는 다만 지쳐 있었을 뿐이었다.

욤 키푸르(Yom Kippur). '속죄의 날'이 왔다.

모두는 단식을 해야 할 것인가? 하는 문제로 격렬한 토론이 벌어졌다. 지금 단식을 한다는 건 보다 확실하고 보다 빠른 죽음을 의미하는 것이었다. 하기야 모두는 이곳에 끌려온 이래 1년 내내 단식을 하는 것이나 같았다. 1년 365일이 욤 키푸르, 곧 '속죄의 날'이었다.

그러나 반대 의견 측에서는, 단식을 한다는 것이 위험스럽다는 그 이유 때문에라도 단식을 해야 한다고 주장했다. 그들은, 이 철조망이 쳐진 지옥에서도 하나님을 찬미하는 노래를 부를 수 있다는 것을 하나님에게 보여드려야 한다고 주장했다.

엘리위젤은 단식을 하지 않았다. 주된 이유는 단식을 반대하는 아버지를 즐겁게 하기 위해서였지만 한걸음 더 나아가서는 단식을 해야 할 하등의 이유를 찾을 수 없기 때문이었다. 그는 더 이상 하나님의 침묵을 받아들이지 않고 있었던 것이다.

그는 수프 사발을 들이마시는 자신의 태도 속에서도 하나님에 대한 반항과 항의의 뜻을 숨기지 않았다. 그리고 딱딱한 빵 조각을 조금씩 뜯어먹었다. 그러나 마음속 깊은 곳에서는 엄청난 공허감이 밀려들었다. 친위대원들은 모두에게 근사한 새해 선물을 주었다.

막 작업장에서 돌아왔을 때 수용소 정문을 들어서자마자, 모두는 뭔가 평소와는 다른 분위기를 느낄 수 있었다. 점호시간도 평상시처럼 오래 걸리지 않았다. 저녁 수프가 아주 빠른 속도로 배식되었고 모두는 눈깜짝할 사이에 그것을 먹어치웠다.

엘리위젤은 이제 아버지와 같은 막사에 있지 않았다. 다른 작업반으로 옮겨져, 하루에 열두 시간 동안씩 무거운 돌덩이들을 이곳저곳으로 운반해야 했다. 새 막사의 내무반장은 독일계 유대인으로 조그만 키에 날카로운 눈을 갖고 있었다. 그는 그 날 저녁, 모두에게 식사를 마친 다음에는 아무도 밖에 나가서는 안 된다고 했다. 그리고 얼마 안 되어, '추려낸다'는 무서운 말이 막사 안팎에 나돌기 시작했다. 모두는 그 말이 무엇을 뜻하는지를 알고 있었다. 친위대원 한 사람이 모두를 자세히 검사하게 될 것이다. 그리고 그에게 허약한 사람으로 보이면 화장장으로 보낼 후보자의 수첩에 번호가 적히게 되는 것이다. 모두는 그렇게 추려진 사람들을 '회교도'라고 불렀다.

저녁 수프를 먹고 난 다음, 모두는 침대 사이사이에 모였다. 고참 재소자들이 말했다.

"당신들은 이렇게 늦게 이곳으로 오게 되어 운이 좋은 게요. 2년 전에 비하면 오늘의 이 수용소는 천국이나 다름없으니까요. 그 당시 이 부나는 진짜 지옥이었죠. 물도 없고 담요도 없을 뿐만 아니라 빵과 수프도 형편없이 적었지요. 모두는 밤마다 영하의 강추위 속에서 거의 알몸으로 잠을 잤어요. 날마다 시체가 수백 구씩 쌓이고, 일은 일대로 고됐어요. 그때에 비하면 지금은 천국이라구요, 간수들은 매일 재소자를 몇 명씩 죽이라는 명령을 받았기 때문에, 일주일마다 추려내기가 실시되었어요. 무자비하게 추려냈지요⋯⋯. 정말이지, 당신들은 운이 좋은 편이라구요."

"그만요! 조용히 좀 해요! 그런 이야기는 내일이나 다른 기회에도 얼마든지 할 수 있을 테니 그만 해두세요."

엘리위젤이 이렇게 말하자 그들은 왁자지껄 웃음을 터뜨렸다. 역시 그들은 고참들이었다.

"겁이 나는 모양이지? 우리 역시 처음에는 겁이 났었지. 그 당시에는 겁나는 일이 하도 많았으니까."

노인들은 사냥꾼들에게 쫓긴 듯이 한쪽 구석에 꼼짝하지 않고 말없이 박혀 있었다. 그들 가운데 어떤 한 사람은 기도를 하고 있었다.

한 시간 동안의 유예. 그 한 시간이 지나면 모두는 사형, 또는 집행유예의 판결을 알게 될 것이었다. 엘리위젤은 갑자기 아버지는 어떻게 될까? 하는 생각이 났다. 아버지는 어떻게 무사할 수 있을까? 나이도 많으시니…….

아버지의 유산

막사 내무반장은 1933년 이래 한 번도 집단수용소 밖으로 나가본 적이 없는 사람이었다. 그는 이미 모든 도살장들을, 모든 살인공장들을 거쳐 온 사람이었다. 아홉 시쯤 되었을 때 그가 재소자 한복판에 자리를 잡고 우뚝 섰다.

"차렷!"

즉시 침묵이 흘렀다.

"내가 지금부터 하는 말을 잘 들어라."

모두는 그의 목소리가 떨리는 것을 처음 들었다.

"조금 있으면 추려내기가 시작될 것이다. 여러분은 모두 옷을 홀랑 벗어야 한다. 그리고 한 사람씩 친위대 의사 앞으로 가는 것이다. 나는 여러분이 모두 무사하게 통과되기를 바란다. 그러기 위해서는 여러분 각자가 좋은 운수를 잡도록 스스로 노력해야 한다. 다음 방으로 들어가기 전에 혈색이 좋아 보이도록 어떤 방법으로든 운동을 좀 하는 게 좋을 것이다. 천천히 걷지 말고 뛰어라! 악마에게 쫓기는 사람처럼 뛰어라! 친위대원을 바라보지 말고 뛰어라! 앞만 바라보고 뛰어라!"

그는 잠시 말을 끊었다가, 다시 덧붙였다!

"무엇보다 중요한 것은 겁을 먹지 않는 것이다!"

그의 이 한 마디는 기꺼이 따르고 싶은 충고였다. 모두는 옷을 벗어 침대 위에 놓았다. 그 날 저녁에는 어느 누가 옷을 훔쳐갈 위험 따위는 조금도 없었다.

작업반을 옮겨 온 티비와 요시가 다가와 말했다.

"우리, 함께 있도록 하자. 그러면 모두는 더 강해질 테니까."

요시는 무엇인가 나직이 잇새로 중얼거리고 있었다. 기도를 하고 있었음에 틀림없었다. 요시가 신자라는 사실을 까맣게 모르고 있었다. 오히려 항상 그와는 정반대로 생각해 왔었다. 티비는 아주 창백한 모습으로 말이 없었다. 모든 재소자들이 발가벗은 채 침대 사이사이에 웅크리고 섰다. 최후의 심판대에 나선 인간의 모습이 바로 이럴 것이리라.

"그들이 오고 있다!"

비르케나우에서 접수했던 저 악명 높은 멩겔레 박사가 친위대 장교 세 사람에게 둘러싸인 채 서 있었다. 내무반장이 미소를 지으려 애쓰는 표정으로 모두에게 물었다.

"준비 됐나?"

모두는 준비가 되어 있었다. 그리고 친위대 의사들도 준비가 되어 있었다. 멩겔레 박사는 번호가 기록되어 있는 명단을 손에 들고 있었다. 그는 내무반장에게 신호를 보냈다.

"시작하지!"

마치 놀이를 시작하기라도 하는 듯이!

맨 먼저 들어간 사람은 막사의 '관리'들이었다. 물론 그들은 내무반장들, 간수들, 십장들로 완전무결한 신체조건을 갖추고 있었다.

그 다음부터가 일반 재소자들의 순서였다. 멩겔레 박사는 재소자들을 머리끝에서 발끝까지 자세히 검사했다. 그는 가끔 번호를 적기도 했다. 엘리위젤의 머릿속은 오로지 한 가지 생각으로 꽉 차 있었다. 번호가 적히도록 해서는 안 된다, 번호가 쓰인 왼팔을 보여주어서는 안 된다.

이윽고 엘리위젤 앞에는 티비와 요시뿐이었다. 그들은 무사히 통과되었다. 엘리위젤은 맹겔레가 그들의 번호를 적지 않는 것을 눈여겨보았다. 누군가 등을 밀었다. 마침내 엘리위젤의 순서가 온 것이다. 그는 뒤돌아보지 않고 달렸다. 머릿속에는 주마등처럼 같은 생각이 스치고 있었다.

　'너는 너무 말랐어, 너는 허약해, 너는 너무 말랐어, 너는 화장로에 들어가게 될 거야……'

　달음질은 마치 무한히 계속되는 것만 같았다. 그래서 마치 여러 해 동안 달려온 것만 같은 생각이 들었다……

　'너는 너무 말랐어, 너는 너무 허약해……'

　마침내 그는 반대편 쪽에 당도했다. 기진맥진한 상태였다. 겨우 숨을 돌린 다음에야 요시와 티비에게 물었다.

　"나, 적혔지?"

　"아니."

　요시가 대답했다. 그는 미소를 지으며 덧붙였다.

　"어떻든 그는 너의 번호를 적을 수 없었을 거야. 넌 너무나 빨리 뛰었거든……"

　엘리위젤은 활짝 웃었다. 기뻤다. 그에게 입을 맞추고 싶을 정도로 기뻤다. 그 순간, 다른 일에야 무슨 상관이란 말인가! 번호가 적히지 않은 것만으로도 만족했다. 번호가 적힌 사람들은 세상으로부터 버림받은 채 따로 떨어져 서 있었다. 몇 사람은 소리 없이 흐느끼고 있었다.

친위대 장교들은 돌아갔다. 내무반장이 심신이 피로한 얼굴로 나타났다.

"모든 것이 아주 잘 되었다. 어느 누구도 아무 일이 없을 것이다."

그는 다시 미소를 지으려고 애썼다. 그때 초라하고 깡마른 유대인 하나가 떨리는 음성으로 애타게 물었다.

"하지만……. 하지만, 고참님, 그들은 나를 적어 갔습니다!"

내무반장의 화가 폭발했다. 반장의 말을 믿으려 하지 않는 사람이 있다는 것 때문이었다.

"지금 뭐라고 했지? 내가 거짓말을 했다는 거야? 다시 한 번 말하겠는데, 너에겐 아무 일도 없어! 다른 어느 누구에게도! 넌 지금 스스로 절망의 구렁텅이에 빠져 허우적거리고 있는 거야, 이 바보야!"

벨이 울렸다. 그것은 수용소 전역에서 추려내기가 완료되었다는 신호였다.

(13호에)

말 조심과 정욕제어

김홍성 편

총에 맞은 상처는 치료할 수 있어도 말에 입은 상처는 고칠 수 없다. — 페르시아 속담

사람은 누구나 죄를 짓는다. 그러나 말로 죄를 짓지 않는 사람은 완전한 사람이고 남을 지배할 수 있는 인물이다. 인간은 말(馬)에게 말(言)을 잘 듣게 해 부려먹기 위하여 재갈을 물리고, 아무리 강한 바람 앞에서도 배는 작은 키의 방향에 따라 '키잡이'의 뜻대로 이끌려 간다. 말도 이와 똑같다. 소수 몇몇 사람의 말일지라도 그가 누구냐에 따라 그 말의 힘에 매우 큰 차이가 생긴다. 작은 불이 얼마나 많은 것을 살라 버리는가를 생각해 보라. 말의 힘도 불과 같다. 거짓말은 많은 사람을 더럽힐 수 있고 지옥 불같이 세상을 사르기도 한다 — 성경

남의 악담을 들을 때 더불어 분개하지 말고 아첨하는 말을 들을 때 더불어 기쁜 얼굴을 하지 말라. 그러나 유덕한 사람의 말에는 귀를 기울여라. 그리고 그

말을 본받으려 애쓰고 기뻐하라. 덕이 높은 사람의 행실을 보았을 때 진심으로 좋아하라. 선한 일을 보았을 때 충심으로 기뻐하라. 선한 일이 더할 때마다 진심으로 기뻐하라. 그러나 옳지 못한 일을 들을 때는 등골에 바늘이 꽂힌 듯 아픔을 느껴라. 사람의 선한 일을 들을 때는 화관(花冠)과 같이 받아라 — 중국 성언

말다툼에 끼지 말라. 아무리 대수롭지 않은 다툼이라도 격정과 흥분이 있게 마련이다. 격노는 언제나 어리석은 자의 전유물이다. 무엇보다 정의에 대하여 이성을 잃지 말라. 분노는 사람의 눈을 멀게 하고 그 마음을 어지럽힌다. — 고골리

대중의 합일(合一) 속에서 파괴자가 되지 않도록 조심하라. 내가 한 말에 사람들이 등지고 나쁜 감정을 일으키지 않도록 조심하라.

선한 일을 위해 노력하는 것도 중요하지만 그보다 중요한 것은 악한 일을 하지 않도록 조심하는 것이고 그보다 중요한 것은 정욕을 제어(制御)하는데 힘쓰는 일이다.

성덕(聖德)에 이르려면 자제력이 필요하다. 자제력은 어릴 때부터 길들여져야 한다. 만약 어릴 때부터 습관돼지 않는다면 많은 선을 쌓는 것처럼 보여도 덕이 되지 않는다. ― 노자

사람들이 그렇듯 매혹되어 있는 행복, 그리고 그것을 얻으려고 그렇게도 흥분하고 골몰하는 행복이라는 것이 실상은 작은 만족조차 주지 못한다. 사람들은 행복을 생각하기를 자기가 얻고자 하는 것을 얻을 때 이뤄지는 것으로 생각하고 그것을 얻기 위해 온갖 수단을 다해 투쟁한다. 그러나 추구하던 것을 얻자마자 또다시 자신이 갖지 못한 것을 향해 열중하며 시기하고 슬퍼하기 시작한다. 그렇게 되는 것은 당연한 것이다. 왜냐하면 사람은 자기 욕망이 이루어졌을 때 마음의 자유를 얻는 것이 아니라 오히려 그것을 지키기 위한 부담감 때문에 자제력을 잃기도 하고 때로는 새로운 욕망에 매달려 마음의 자유를 스스로 포기하기 때문이다. 진실로 자유롭고 행복한 사람이 되고자 한다면 당장 주어진 상황에 만족하며 분에 넘치는 욕망을 버려야 한다. 그렇게 함으로써 더 많은 마음의 자유와 행복을 얻을 수 있다. ― 피크테타스

시련을 극복한 자에게 복이 있으리라. 하나님은 모든 사람에게 시련을 주신다. 어떤 이에게는 재산으로, 또 다른 이에게는 빈곤으로. 재산 있는 사람에게는 재산을 필요로 하는 자에게 인색하게 굴지 않는가를 지켜보시며 빈궁한 자에게는 불평 없이 시련을 천명으로 알고 견디어 내고 있는가를 지켜보신다. ― 탈무드

훌륭한 마부란 사나운 말이든 고삐만으로 다루어지는 순한 말이든 부릴 때 한결같이 노여움을 억제할 수 있는 사람이다.― 불경

정욕을 이기지 못해 실패하는 경우가 아무리 많아도 결코 낙심해서는 안 된다. 정욕에 의한 갈등을 겪을 때마다 낙심하면 의지력이 약해진다. 정욕을 과감히 다스릴 때 의지력도 강해지는 것이다.

김홍성

여의도순복음교회 22년 시무
기독교하나님의 성회 교단총무
현) 상록에벤에셀교회 담임목사

자존감 수업

최강일

(정신건강의학과 원장이신 윤홍균 원장님의 저서를 요약하여 핵심내용을 추렸습니다.)

자존감

자신에 대한 스스로의 평가이며, 생활에서 대단히 중요한 역할을 한다. 모든 사람은 이 세상에서 유일무이한 특별한 존재로 자신만의영혼과 마음을 지닌 유일한 존재로서의 인간이므로, 모두 귀하고 특별한 존재라는 인식이 필요하다.

자신을 있는 그대로 받아들일 수 있어야 자존감이 올라간다. 자존감이 사람을 긍정적으로 살게하는 원동력이 된다.

자존심

남을 의식하거나 비교하여 끝없이 타인과 경쟁하려는 마음으로 항상 자만과 열등감이 따라다닌다.

자부심

무엇인가 성취했을 때 느끼는 감정으로 상황에 따라 변하며 자랑, 자긍심, 긍지를 느끼는 마음이다.

자신감

자신은 유능한 사람이고, 맡겨진 일을 잘 해낼 수 있다고 스스로 믿는 마음이다.

자만심

자신의 능력을 지나치게 높이 평가하거나, 과업들의 난이도를 지나치게 낮게 잡을 때 생기는 마음이다.

열등감

자신을 항상 비관적이고 부정적으로 생각하기 때문에 문제가 된다. 매우 주관적이며 심지어 독선적이기도 하다. 그러므로 열등감의 안경을 쓴 사람의 인생은 우울하고 비관적이니, 보는 관점이 대단히 중요하다. 자신의 마음을 이해하고 관점을 바꾸면 열등감의 감옥에서 벗어날 수 있다.

자존감이 왜 중요한가? 정신 건강의 척도

자존감의 세 가지 축

1. 자기 효능감 : 자신이 얼마나 쓸모 있는 사람인
   지 느끼는 것

2. 자기 조절감 : 자기 마음대로 하고 싶은 본능을
   의미한다.

3. 자기 안전감 : 스스로 안전하고 편안함을 느끼는
   능력

관심 : 세상의 모든 사랑은 관심에서 시작된다. 자

신이 어떤 사람인지, 어떻게 살아왔는지 관
심을 가져야한다. 자신을 사랑하지 않고는
누구도 사랑할 수 없다. '그 동안 수고했어!'
하고 스 스로 말해주어라.

집착 ; 매달리는 형국이며 병이다.

애착 ; 행복감과 동시에 두려움도 싹튼다.

자존감이 높은 사람 : '나는 지금 나에게 상당히 만
족한다. 나의 분별력과 판단을 믿고 나를 사
랑하며 주변의 모든 사람들에게 감사한다.' 자
존감 은 행복의 결과물이기도 하고, 자존감의
결과가 행복이기도 하다. 남의 평가에 민감하
게 반응하지 않는다. 자신의 허물을 인정하고
받아들인 다. 자존감이 건강하면 좋은 평판을
저절로 따라온다. 진짜 행복은 튼 튼한 자존감
에서 나온다. 자신의 인생을 챙기는 것이 소중
하다. 스스로 를 위로할 수 있고 격려할 수도
있다. 스스로에게 관대해지고 주체성을 갖는
다. 자존감의 첫 번째 요소는 타인에게 인정받
고 쓸모 있는 사람이 되는 것이다.

자존감이 인관관계를 좌우한다.

상대를 쓸모 있는 존재로 인정해줘야 신뢰가 생긴
다. 결정을 잘해야 자 존감이 올라간다. 자신을 믿을

수만 있다면 인생은 참으로 편해진다.

결정을 잘하기 위한 조건

1. 적절한 타이밍 : 결정을 언제까지 해야 할지 알아야 한다.

2. 자신이 결정할 범위를 알아야 한다. 분수를 알아야 한다.

3. 세상에 항상 옳은 결정이란 없다는 사실을 깨닫는 것이 필요하다. (인생사 새옹지마)

성숙한 사람들이 의존하는 특성

1. 자기보다 강한 존재에 의존한다. 지식을 얻기 위해선 책에 의존하고 건강을 위해선 의사를 찾아간다.

2. 누구에게나 공개할 수 있을 정도로 투명하게 의존한다. 여행이나 취미　나 가족, 신앙에 의존한다.

3. 의존한 만큼 보답한다. 상대의 자존심을 세워주고 존중하는 방식으로　보답한다. 받은 만큼 돌려주어 빚을 남기지 않는다.

감정조절을 잘 하는 사람들의 특징

자신이 어떤 감정을 얼마나 느끼며, 어떤 영향을 끼칠지 인식하고 있다. 이들은 감정이 격해있을 때 함부로 행동하지 않는다. 중요한 결정이나 약　속을 하지 않고, 감정의 파도가 지난 후에 행동한다. 감정이 식기를 기다 리거나, 표나지 않게 조절한다. 감정을 조절하기 위해선 감정을 직시할 줄 알아야 한다.

자존감을 끌어올리는 방법들

자신을 맹목적으로 사랑하기 : 이유나 조건 없이 있는 그대로 자신을 사랑해야 한다. 자신을 사랑하는 일은 누구에게나 손해를 끼치지 않는다. 자존감이 서서히 회복되고 성장한다.

성숙한 뇌회로는 융통성이 있다. 그래서 자극에 유연한 반응을 보인다. 한 번 형성된 회로는 그 생각을 반복하는 경향이 있다. '최선을 다했으니 그 걸로 충분해. 난 괜찮은 사람이야' 라고 자신에게 들려준다.

스스로 선택하고 결정하기; 완벽한 선택이란 없다. 결정에는 책임이 따른다. 결정이 존재감을 좌우한다. 존재감이 큰 사람은 모임의 분위기를 결정하고 방향을 정한다. 스스로 결정 하고 자신의 결정을 존중하는 능력이 자존감이다. 결과가 좋으면 타인에게 감사하기 '당신 조언 덕분에 성공할 수 있었어요.'

자존감을 회복하면 : 뇌가 건강해진다. 긍정적인 생각을 하게 되고 사소한 걱정은 무시하게 된다. 자기 주관을 잃지 않게 된다. 자신을 적절하게 사 랑하게 되고 자신감을 갖고 자기 판단을 존중하면서, 타인을

배려하는 사람이 된다. 혼잣말을 하라. '괜찮아, 누구 나 이런 일은 겪지.'

당신은 가족에 누구와도 바꿀 수 없는 소중한 아들 이자, 부모, 배우자이다. 그간 많은 위기를 견뎌낸 전 사이자, 꿋꿋하게 삶을 지켜낸 영웅이다. 당신은 이 세 상에서 단 하나뿐인 소중한 존재임을 잊지 말라! 정성 의 결과 정성(精誠)은 "온갖 힘을 다하려는 참되고 성실 한 마음"을 가리킨다고 하는데, 성실(誠實)은 정성스럽 고 참됨을 이르는 단어입니다.

어느 부잣집 영감이 그 해 마지막 날 집안의 노비들 을 다 불러놓고 말했습니다.

"내일이 정월 초하루니, 내가 내일 너희들을 다 해 방시켜줄 것이니, 내일부터 너희들은 더 이상 나의 노 비가 아니니라."

노비들은 아주 기뻐하며, 나눠주는 노비문서를 불 태우며 환호했습니다. 그러면서 영감은 노비들에게 이렇게 말했습니다.

"마지막 밤이니 정성을 다해 오늘 밤새도록 새끼줄 을 꼬아라. 그리고 될 수 있는 한 가늘게 꼬도록 하여 라."

하며 짚단을 한 단씩 나누어 주었습니다. 그러자 종 들의 반응은 각기 달랐습니다. 대다수의 종들은 마지막 날까지 부려먹다니 영감탱이가 끝까지 지독하게 구는군 하고 투덜거리고 불평하면서 마지못해 주어진 짚단을 빨리 없애려 굵게 새끼줄을 꼬았습니다. 그중 평소에도 성실히 일해 왔던 종은

"이제 이 밤이 지나면 자유의 몸이되니 이 얼마나 좋은가! 그러니 오늘은 아주 정성껏 끝마무리 해드리자." 라며 길고 가늘게 정성을 들여 새끼줄을 꼬았습니다. 다음날 아침, 주인영감은 광문을 활짝 열어놓고 말했습니다.

"어제 밤에 너희들이 꼰 새끼줄에 여기 있는 엽전을 꿸 수 있는 한 많이 꿰어 마지막 새경으로 알고 가지고 가라."

적당히 굵은 새끼줄을 꼰 하인들은 엽전 구멍에 새끼줄이 들어가지 않아 간신히 몇 개만 꿰어서 가지고 갔지만, 정성스레 새끼줄을 꼰 하인은 평생 밑천이 될 만큼 많은 엽전을 꿰어 가지고 주인집 대문을 나설 수 있었답니다.

잘되는 사람, 성공하는 사람은 분명 뭔가 다른 것이 있습니다. 오리가 물위를 미끄러져 가는 것이 공짜로 미끄러져 가는 것이 아니라 물밑에 숨겨진 물갈퀴의 움직임으로 그렇게 잘 미끄러져 가듯이, 드러나지 않아도 물밑 작업(숨은노력)이 우리의 삶을 윤택하게 해

주는 것이랍니다.

세상은 준비하고 성실히 이행하는 이들에게 많은 엽전을 꿰어줍니다. 오늘 정성껏 사는 사람은 무슨 일이든 헤쳐 나갈 수 있습니다. 그렇게 긍정적인 사람이 성공할 확률이 큽니다. 또한 긍정적인 사람은 좋은 기운으로 옆 사람에게도 좋은 영향을 미칩니다. 긍정적인 사람은 그래서 행복합니다!

인간성이 좋은 사람은 처음엔 손해를 보는 것 같지만 나중엔 성공합니다. 나만 잘되길 바라면 운은 돌아섭니다. 다툼 중에서도 상속 분쟁은 큰 불운의 서막이 되는 경우가 태반입니다. 경쟁에만 치우치는 우리 현실에서 귀담아 들어야 할 이야기입니다.

긍정적 사고를 가진 기업이 부정적 사고를 가진 기업을 인수해 부자가 된다.   - 로버트 앨런 -

최강일

「한국크리스천문학」 수필등단, 한국크리스천문학 가협회 회원, 고려대학교 영어영문학과 졸업, 남강고등학교 교사로 정년퇴임, 옥조근정훈장 대통령표창 수상

벽돌 한 장의 기적

생각하라, 그리고 실천하라

아버지가 운영하던 벽돌공장에서 일을 마치고 귀가하던 중 한 소년이 세찬 비를 만났다. 길은 순식간에 흙탕물로 진창이 되었다. "시청공무원들은 대체 뭐 하는 거야." 흙탕길을 가는 사람들이 불평을 쏟아내는 것을 본 소년은 생각했다.

'왜 어른들은 불평만 하면서 저 길을 고칠 생각은 안 하지?' 그리고 소년은 다짐했다.

'저 길에 벽돌을 놓아야겠다.'

다음날 소년은 아버지에게 말했다.

"오늘부터 집에 갈 때 벽돌 한 장씩 가져가야겠어요. 벽돌 값은 제 월급에서 가져가세요."

소년은 그날부터 매일 벽돌 한 장씩을 길에 깔기 시작했다. 그러나 길에 벽돌을 다 깔려면 몇 년이 걸릴지도 몰랐으나 소년의 결심은 단호했다. 그런데 한 달 뒤 기적이 일어났다.

존은 그날도 벽돌 한 장을 길에 깔고 있는데 마을 사람 한 명이 그것을 우연히 보게 되었고 서른 장의 벽돌이 나란히 놓여 있는 것을 본 그 사람은 '존'이 날마다 한 장씩 그

벽돌을 깔아온 이야기를 듣게 되었고, 곧 소문은 마을 전체로 번졌다.

'존'의 행동을 통해 자신들의 모습을 반성한 마을 사람들은 길을 포장하기로 하고 힘을 모았다. 길 단장을 선도한 이 소년이 훗날 세계 최초로 백화점을 만들었고, "고객은 왕이다."라는 말을 신문광고에 처음 쓴 미국 백화점 왕 '존 와너메이커(John Wanamaker 1838~1922)'다.

백화점 왕이 된 뒤 자신의 부(富)를 사회로 환원하기 위해 미국과 전 세계에 YMCA 건물을 수없이 지어주었다. 서울 종로2가에 있는 YMCA 건물도 그 가운데 하나라고. 진창길을 벽돌 길로 만들기 위해 벽돌을 깔던 소년 존 와너메이커. 그가 평생 지녔던 신념은 '생각하라, 그리고 실천하라' 였다고 한다.

어려서부터 갖고 있던 신념이 세계의 큰 인물을 만든 이야기로 감동적인 글이다. □

구조 역학

1. Shopping Math(쇼핑의 수학)

남자는 꼭 필요한 10원짜리 물건을 20원에 사온다. 여자는 전혀 필요하지 않은 20원짜리 물건을 10원에 사온다.

2. General solutions & Statistics(일반 방정식과 통계)

여자는 결혼할 때까지만 미래에 대해 걱정한다. 남자는 전혀 걱정 없이 살다가 결혼하고 나서 걱정한다. 성공한 남자란 마누라가 쓰는 돈보다 많이 버는 사람이다. 성공한 여자는 그런 남자를 만나는 것이다.

3. Happiness(행복)

남자와 행복하게 살려면 최대한 그 남자를 이해하려 노력해야 하고 여자와 행복하게 살려면 그녀를 아주 많이 사랑하되 절대 그녀를 이해하려 해선 안 된다.

4. Longevity(수명)

결혼한 여자는 평생 혼자 산 남자보다 수명이 길지만 결혼한 남자는 죽고 싶어 하는 사람이 많다.

5. Propensity To Change(변화 경향)

여자는 결혼 후 남자가 변하길 바라지만 남자는 변하지 않는다. 남자는 결혼 후 여자가 변하지 않길 바라지만 여자는 변한다.

6. Discussion Technique(토론 기술)

어떤 말다툼에서든 여자가 항상 마지막 발언을 한다. 하지만 그 마지막 발언에 대해 남자가 다시 발언하면 새로운 싸움이 시작된다.

인생 달인

* 사람을 이기려 들지 말자. 이겨서 듣는 건 원망이요, 이겨서 얻는 건 이별이고, 이겨서 남는 건 외로움밖에 더 있으랴.
* 우정을 이기려 들지 말자! 이겨서 듣는 건 냉소요, 이겨서 얻는 건 불신이고, 이겨서 남는 건 허무함밖에 더 있으랴.
* 세상을 이기려 들지 말자! 이겨서 듣는 건 욕이요, 이겨서 얻는 건 적이고, 이겨서 남는 건 상처뿐이다.
* 인생살이는 이기는 것이 지는 것이고, 지는 것이 이길 때가 있으니 이 또한 세상 이치다. 우리는 이런 이치를 잘 아는 사람을 '인생 달인'이라 부른다.

행복에 가장 큰 장애물은 너무 큰 행복을 기대하는 마음이다. 좋아하는 일을 하는 것은 자유요, 하는 일을 좋아하는 것은 행복이다. -메리 울스턴크래프트

우직지계(迂直之計)

가까운 길을 곧게만 가는 것이 아니라 돌아갈 줄도 알아야 한다는 병법의 지혜로 손자(孫子) 군쟁편(軍爭篇)에 나오는 이야기 입니다.

춘추전국시대 제나라의 유명한 정치가 안영이 제나라 왕, 경공을 모실 때의 일입니다.

어느 날 왕이 사냥을 나갔는데 사냥 지기가 자신의 임무를 다하지 못하고 부주의로 왕이 사냥한 사냥감을 잃어 버렸습니다.

왕은 화가 머리끝까지 나서 그 자리에서 사냥 지기의 목을 베라고 명령하였습니다. 같이 사냥을 나갔던 주변의 신하들은 모두 어찌할 바를 모르고 바라보고만 있었습니다.

이때 안영은 경공에게 직접 충고하지 않고 우회하는 전술인 우직지계(迂直之計)를 선택 하였습니다.

안영은 사냥지기를 끌고 나오라고 해서 그에게 큰 소리로 세 가지 죄목으로 추궁하기 시작했습니다.

너는 세 가지 죄를 범했다.

첫째 너의 맡은 바 임무인 군주의 사냥감을 잃어버

린 것이다.

둘째 그러나 더 큰 잘못은 군주로 하여금 한낱 사냥감 때문에 사람을 죽이게 했으니 부덕한 군주로 만든 것이다.

셋째 나아가 우리 군주가 사냥감 때문에 사람을 죽였다는 소문이 퍼지면 세상 사람들로부터 한낱 사냥감 때문에 사람을 죽인 군주라고 비난받게 만드는 것이 너의 세번째 죄다. 네가 이러고도 살아남기를 바라느냐.안영이 사냥 지기를 추궁하는 말 중에는 우회하여 군주에게 말하는 것이었습니다.

왕은 자신이 사냥 지기를 죽이면 그 결과가 좋지 않을 것을 깨달았습니다. 그리고 자신의 사냥감 때문에 분노가 지나쳐서 사람을 죽이는 우를 범하고 있다는 것을 깨닫고 사냥 지기를 놓아 주라고 지시 하였습니다.

안영은 자신이 모시는 군주와 직접적으로 충돌하지 않고 우회적인 방법으로 신하된 도리를 다하고 자신의 주군을 올바른 길로 인도하였던 것입니다.

세상사가 다 그런 것은 아니지만 곧장 가는 직설화법보다는 돌려서 말하는 우회 화법이 더욱 지혜로울 때가 많이 있습니다.

유난히 언변이 좋은 사람들이 있습니다. 같은 말이라도 목소리가 부드러운 탓도 있지만 직설적이 아니라 우회적인 표현으로 본인의 의사전달은 물론 효과도 거둡니다.

물론 본인의 부단한 노력과 지적인 자산이 풍부한 탓도 있을 것입니다. 이러한 화법을 가리켜 담언미중(談言微中)이라고 합니다. 완곡한 말로 정곡을 찌름이라는 뜻입니다. 물을 유리컵에 담으면 마시는 물이 되고 세숫대야에 담으면 씻는 물이 됩니다.

어떤 그릇에 담느냐에 따라 그 용도가 결정되는 것입니다. 말에서는 말투가 그릇의 역할을 합니다. 말을 해도 어투가 퉁명스럽거나 공격적으로 느껴지면 본인의 뜻은 그것이 아니라고 해도 듣는 사람은 마음이 상하거나 괜한 오해를 하게 될 수도 있습니다.

대화를 하면서 왠지 모르게 호감이 생기거나 신뢰가 가는 사람은 말투가 좋기 때문이라고 볼 수 있으며 반대로 성격이 나쁠 것 같다거나 짜증을 잘 낼 것 같다는 느낌을 주는 사람은 말투가 안 좋기 때문이라고 해도 과언이 아닙니다.

말투란 사전적 의미로 말을 하는 버릇이나 본새를 의미합니다. 말투는 살아가면서 자연스럽게 형성되는 것이다 보니 자신의 말투가 어떤지 제대로 알지 못하는 경우가 많습니다.

일상에서 좋은 말투를 쓰는 습관을 가지면 우리의 삶 또한 좋은 방향으로 흐른다고 합니다. 부드럽고 좋은 말투로 즐겁고 행복한 삶 만들어 가시길 바랍니다.

노생의 꿈 한단지몽邯鄲之夢

중국 당나라 시대에 노생(盧生)이라는 가난한 서생
이 있었습니다.

어느 날 볼일이 있어 '한단' 이라는 지역에 갔다가
잠시 객점에서 쉬게 되었습니다. 그때 신선도를 닦는
여옹이라는 노인을 만나 대화를 나누게 되었습니다.

노생은 여옹에게 신세를 한탄하며 자신의 푸념을
늘어 놓았습니다. 묵묵히 노생의 말을 듣고 있던 여옹
은 목침을 꺼내 주며 잠시 쉬기를 권하였습니다.

이보게 이 목침을 베고 잠깐 눈을 붙이게. 그동안
나는 밥을 짓도록 하겠네. 그렇게 노생은 밥 때를 기다
리다 피로함을 못 이겨 그 목침을 베고 누워 달게 잤습
니다.

그런데 그 이후 노생의 인생이 확 바뀌었습니다. 노
생이 응시한 과거에 장원으로 급제하여 황제의 치하를
받으며 큰 벼슬에 올랐고 권력을 가지게 되자 재산은
절로 불어났습니다.

부와 명성을 거머쥔 노생은 아름답고 현명한 아내
를 얻어 총명하고 귀여운 자식들과 함께 영화로운 삶

을 마음껏 누렸습니다.

하지만, 역적으로 몰려 큰 화를 입게 되었습니다.

노생은 옛적 고향에서 농사 짓던 때를 그리워하며 스스로 목숨을 끊고자 했지만 아내와 자식의 간곡한 만류로 차마 자결할 수 없었습니다.

다행히 사형은 면하고 멀리 유배를 떠나게 되었습니다. 몇 년이 지난 뒤 모함이 밝혀져 복권됐고 그 후로 더욱 지위가 높아졌습니다.

노생은 그렇게 부귀영화를 누리고 80여 세에 천수가 끝나는 순간 어디선가 자신을 부르는 목소리가 들렸습니다.

밥이 다 익었으니 이제 일어나 밥 먹게나.

노생이 놀라 눈을 번쩍 떠보니 여옹이 밥상을 들고 들어오고 있었습니다.

모두가 한바탕 꿈이었습니다. 80년 동안의 부귀영화가 잠깐 밥 짓는 사이에 꾸었던 꿈이었던 것입니다.

인생에서 그 어떤 거창한 비전이라도 스스로 쟁취하지 않으면 언제 사라져 버려도 미련을 가질 필요 없는 그저 사라져 버릴 하룻밤 꿈에 불과합니다.

그 꿈을 움켜쥘 수 있는 것은 하루하루 자기 일에 최선을 다하면서 살아가는 것입니다.

많이 쓰이는 외래어(매회 보완)

이 경 택

가스라이팅(gaslighting)＝뛰어난 설득을 통해
타인 마음에 스스로 의심을 불러일으키고 현실
감과 판단력을 잃게 만듦으로써 그 사람에게 지
배력을 행사하는 것

갈라쇼(gala show)＝어떤 것을 기념하거나 축하
하기 위해 여는 공연

갤러리(gallery)＝미술품을 진열, 전시하고 판매하는
장소, 또는 골프 경기장에서 경기를 구경하는 사람

걸 크러쉬(girl crush)＝여성이 같은 여성의 매력
에 빠져 동경하는 현상

그라데이션(gradation)＝하나의 색상을 다른 색
상으로 점차 변화시키는 효과, 색의 계층

그래피티(graffiti)＝길거리 그림, 길거리의 벽에
붓이나 스프레이 페인트를 이용해 그리는 그림

그루밍(grooming)＝화장, 털손질, 손톱 손질 등
몸을 치장하는 행위.

글로벌 쏘싱(global sourcing)＝ 세계적으로 싼

부품을 조합하여 생산단가 절약

내레이션(naration)=해설

내비게이션(navigation)=① 선박, 항공기의 조종, 항해 ② 자동차 정보 용어로 쓰임 ③ 인터넷 용어로 여러 사이트를 돌아다닌다는 의미로도 쓰임

노멀 크러쉬(nomal crush)=평범하고 소박한 것이 행복하다고 느끼는 정서

노블레스 오블리주(noblesse oblige)=지도층 인사들에게 요구되는 도덕적 의무

노스탤지어(nostalgia)=지난 그리움이나 향수

뉴트로(new+retro》 newtro)=새로움과 복고의 합성어로 새롭게 유행하는 복고풍 현상

님비(NIMBY. not in my backyard)현상=지역 이기주의 현상(혐오시설 기피 등)

더치페이(dutch pay)=비용을 각자 부담함

더티 플레이(dirty play)=속임수, 정당하지 못한 행동

데모 데이(demo day)=시연회 날

데이터베이스(data base)=정보 집합체, 컴퓨터에서 신속한 탐색과 검색을 위해 특별히 조직된

정보 집합체

데자뷰(deja vu): 처음인데 이미 본 적이 있거나 경험한 적이 있는 듯한 느낌이나 환상.

도그마(dogma)=독단적인 신념이나 학설, 교리, 교조, 교의 등을 통틀어 이르는 말

도어스테핑(doorstepping)=기자 등의 출근길 문답, 호별 방문

도파민(dopamine)= 중추신경계에 존재하는 신경전달물질의 일종으로 의욕, 행복, 기억, 인지, 운동 조절 등 뇌에 다방면으로 관여함

도플갱어(doppelganger)=자신과 똑같이 생긴 사람이나 동물, 즉 분신이나 복제품

디자인 비엔날레(design biennale)=국제 미술전

디지털치매=디지털 기기에 지나치게 의존하여 기억력이나 계산력이 크게 떨어진 상태

딥 페이크(deep fake)=인공지능 기술을 이용해 특정 인물의 얼굴 등을 특정 영상에 합성한 편집물, 주로 가짜 동영상을 말함

딩크 족(DINK, Double Income No Kids 의 약어)=정상적 부부생활을 영위하면서 자녀를 두지 않는 맞벌이 부부를 일컫는 말

랜덤(random)=무계획적/보통 어떤 사건이 규칙성이 보이지 않고 무작위로 발생한다는 것

랩소디(rhapsody)=광시곡, 자유롭고 관능적인 악곡 형식(주로 기악곡)

레알(real)=진짜, 또는 정말

레트로(retro)=과거의 제도, 유행, 풍습으로 돌아가거나 따라 하려는 것을 통칭하여 이르는 말

레퍼토리(repertory)=들려줄 수 있는 이야깃거리나 보여 줄 수 있는 장기, 상연, 연주곡목

로드맵(roadmap)=방향 제시도, 도로지도

로밍(roaming)=계약하지 않은 통신 회사의 통신 서비스도 받을 수 있는 것. 국제통화기능

루저(loser)=패자, 어디서든 대접을 못 받는 사람

리셋(reset)=초기 상태로 되돌리는 일

리얼리티(reality)=현실. 리얼리티 예능에서 쓰이는 경우, 인위적인 각본으로 짠 것이 아닌 실제 상황이나 인물들을 중심으로 이뤄지는 예능을 말함

리플=리플라이(reply)의 준말. 댓글 · 답변 · 의견

마스터플랜(masterplan)=종합계획, 기본계획

마일리지(mileage)=주행거리, 이용 실적에 따라

점수를 획득하는데 누적된 점수는 화폐의 기능
을 함

마조히스트(masochist)=성적으로 학대를 당하
고 쾌감을 느끼는 사람

매니페스터(manifester)= 감정, 태도, 특질을 분
명하고 명백하게 하는 사람(것)

머그샷(mugshot)=경찰에 체포된 범인을 식별하
기 위해 촬영한 사진

메리트(merit)=장점, 이점, 가치, 자격/가치가 있
다

메시지(message)=알리려고 보내는 말이나 글

메타(meta)=더 높은, 초월한 뜻의 그리스어

메타버스(metaverse)=현실세계와 같은 사회·경
제·문화 활동이 이뤄지는 3차원 가상세계

메타포(metaphor)=행동, 개념, 물체 등 무관한
말로 대체하여 간접적, 암시적으로 나타내는 은
유법, 비유법으로 직유와 대조되는 암유 표현.

멘붕=**멘탈(mental)** 정신과 마음이 무너져 내리
는 것

멘탈(mental)= 판단 정신. 또는 정신세계.

멘토(mentor)=현명하고 신뢰할 수 있는 상대이

며 스승 혹은 인생 길잡이 역할을 하는 사람

모니터링(monitoring)=감시, 관찰, 방송국, 신문사, 기업 등으로부터 의뢰받은 방송 프로그램, 신문 기사, 제품 등에 대해 의견을 제출하는 일

미션(mission)=사명, 임무

바운스(bounce)=튀다, 튀어 오름, 반동력, 탄력 의미

버블(bubble)=거품

벤치마킹(benchmarking)=남의 제품이나 조직의 특징을 분석하여 그 장점을 배우는 경영 전략 기법

벤틀리(Bentley)=영국의 최고급 수공 자동차 제조사 혹은 이 회사 만든 차량

보이콧(boycott)=공동으로 거부하고 물리침 불매동맹

브랜드(brand)=사업자가 자기 상품의 측성을 구별하기 쉽게 하는 기호·문자·도형 따위의 표지

브런치(Breakfast+Lunch)=아침 겸 점심으로 먹는 밥을 속되게 이르는 말. 어울참

블랙 컨슈머(black consumer)=악덕 소비자. 구
매한 상품을 문제 삼아 피해를 본 것처럼 꾸며
악의적 민원을 제기, 보상을 요구하는 소비자

비주얼(visual)=시각적인이라는 뜻. 한국에서는
사람의 외모를 가리키는 말로도 많이 쓰이는데,
가령 특정 집단에 속한 사람에게 비주얼 담당이
라 하면 그중에 가장 외모가 뛰어나다는 뜻

빈티지(vintage)=① 오래 되고도 값진 것. 특정
한 연대에 만든 것

사디스트(sadist)=가학성애자. 성적 대상에게 육
체적, 정신적 고통을 줌으로써 성적 쾌락을 얻
는 사람

사보타주(sabotage)=태업을 벌임. 노동쟁위, 의
도적으로 일을 게을리 하여 사주에게 손해를 주
는 방법

사이코패스(psychopath)=출생 때부터 뇌가 발
달하지 않아 반사회적 성격장애와 품행장애를
가진 사람

센세이션(sensation)=충격을 받아 느끼는, 많은
사람을 흥분시키거나 물의를 일으키는 것.

소셜 미디어(social media)=누리 소통 매체, 생

각이나 의견을 표현하거나 공유하기 위해 사용
하는 개방화된 인터넷상의 내용이나 매체

소셜 커머스(social commerce)=공동 할인구
매. 소셜네트워크서비스(SNS)를 이용한 전자
상거래

소프트(soft)=부드러운

소프트파워(soft power)=문화적 영향력

솔루션(solution)=해답, 해결책, 해결방안, 용액

쇼핑몰(shopping mall)=여러 가지 물건을 한 번
에 살 수 있도록 상점이 모여 있는 곳

스미싱(smishing)=문자메시지로 낚는다는 의미로
스마트폰으로 개인정보를 빼내서 범죄에 이용하는 것

스펙터클(spectacle)=(굉장한) 구경거리, 광경, 장
관

스태그플레이션(stagflation)=경제 불황 속에서
물가상승이 동시에 발생하고 있는 상태

시놉시스(synopsis)=영화나 연극의 줄거리나 개
요. 주제, 기획의도 등장인물, 배경 설명

시뮬레이션(simulation)=영화나 시스템의 동작
을 다른 장치를 이용해 모의실험으로 그 특성을
파악함

시스템(system)＝필요한 기능을 실현하기 위하여 관련 요소를 어떤 법칙에 따라 조합한 집합체.

시즌오프(season off)＝철 지난 상품을 싸게 파는 일

시크리트(secret)＝비밀

시트콤(sitcom)＝시추에이션　코메디(situation comedy) 약자, 분위기가 가볍고, 웃기는 요소를 극대화한 연속극

시프트(shift)＝교대, 전환, 변화

싱글(single)＝한 개, 단일, 한 사람

아노미(anomie)＝불안·자기 상실감·무력감 등에서 볼 수 있는 부적응 현상. 사회의 동요·해체에서 생기는 개인의 행동·욕구의 무규제 상태

아웃쏘싱(outsourcing)＝자체의 인력, 설비, 부품 등을 이용해 비용 절감과 효율성 증대를 목적으로 외부 용역이나 부품으로 대체하는 것

아웃렛(outlet)＝백화점 등에서 팔고 남은 옷, 구두 등 패션 용품을 할인하여 판매하는 장소

아이쇼핑(eye shopping)＝사고 싶은 것들을 둘러 봄

아이템(item)＝항목, 품목, 종목

아젠다(agenda) = 의제, 협의사항, 의사일정

알레고리(allegory) = 유사성을 암시하면서 주제를 나타내는 수사법. 즉 풍자하거나 의인화해서 이야기를 전달하는 표현방법

애드 립(ad lib) = (연극, 영화 등에서) 대본에 없는 대사를 즉흥적으로 만들어내는 것

어택(attack) = 공격(하다), 습격(하다),

어필(appeal) = 호소(하다), 항소(하다), 관심을 끌다

언박싱(unboxing) = (상자, 포장물의) 개봉, 개봉기

얼리어답터(early adopter) = 남들보다 먼저 신제품을 사서 써 보는 사람

에디터(editor) = 편집자

에피소드(episode) = 중요하거나 재미있는 사건 단평, (라디오·텔레비전 연속 프로의) 1회 방송분

엔터테인먼트(entertainment) = 대중을 즐겁게 해주는 연예(코미디, 음악, 토크 쇼 등 오락)

오리지널(original) = 복제. 각색이 아닌 최초의 창작품. 근원, 기원.

오티티(OTT, Over-the-top)=인터넷 동영상 서비스. 영화, TV 방영 프로그램 등의 미디어 콘텐츠를 인터넷을 통해 소비자에게 제공하는 서비스

옴부즈(ombuds)=다른 사람의 대리인.

옴부즈맨(ombudsman)=정부나 의회에서 임명된 관리로, 시민들의 민원을 수사하고 해결해 주는 사람

와이브로(wireless broadband. 약어는 wibro)= 이동하면서도 초고속 인터넷을 이용할 수 있는 무선 휴대 인터넷의 명칭

워취(watch)=주의하는 것, (휴대용) 시계

위즈덤(wisdom)=지혜, 슬기, 지식, 현명함, 타당성

유비쿼터스(ubiquitous)=사용자가 컴퓨터나 네트워크를 의식하지 않고 장소에 상관없이 자유롭게 네트워크에 접속할 수 있는 환경

이데올로기(ideology)=인간·자연·사회에 대해 규정짓는 현실적이면서 동시에 이념적인 의식의 형태

인서트(insert)=끼우다, 삽입하다, 삽입 광고

젠트리피케이션(gentrification)=내몰림, 도심

의 낙후지역이 활성화되면서 임대료 상승 등으로 원주민이 밀려나는 현상

징크스(jinx)=재수 없는 일, 불길한 징조나 물건, 그렇게 될 수밖에 없는 악운으로 여겨지는 것.

챌린지(challenge)=도전, 도전하다. 참여 잇기.

치팅 데이(cheating day)=식단조절로 정해진 식단을 따르지 않고 자기가 먹고 싶은 음식을 먹는 날

카르텔(cartel)=서로 다른 조직이 공통된 목적을 위해 일시적으로 연합하는 것, 파벌, 패거리

카오스(chaos)=천지 창조 이전의 혼돈(混沌) 상태

카이로스(Kairos)=기회를 잡을 수 있는 결정적 순간, 평생 기억되는 개인적 경험의 순간을 뜻

카트리지(cartridge)=탄약통. 바꿔 끼우기 간편한 작은 용기. 프린터기의 잉크통

커넥션(connection)=연결, 연계, 연관, 접속, 관계

컨설팅(consulting)=전문지식을 가진 사람이 상담이나 자문에 응하는 일

컬렉션(collection)=수집, 집성, 수집품, 소장품

코스프레(cosplay, costume play)=만화나 애니메이션, 게임에 나오는 캐릭터의 의상을 입고 서로 모여서 노는 놀이이자 하위 예술 장르의 일종

콘서트(concert)=연주회

콘택(contact)=연락, 접촉, 닿음, 연락하다

콘셉(concept)=개념, 관념, 일반적인 생각

콘텐츠(contents)=내용, 내용물, 목차.

콜렉트콜(collect call)=수신자 부담. 전화를 받는 사람이 전화요금을 지불하는 방법

콜센터(call center)=안내 전화 상담실

쿠폰(coupon)=상품에 붙어있는 우대권 또는 교환권

퀄리티(quality)=품질, 질, 자질

퀴어(queer)= 기묘한, 괴상한 / 성소수자가 스스로를 나타내는 말 가운데 하나

크로스(cross)=십자가(가로질러) 건너다(서로) 교차하다, 엇갈리다

키워드(keyword)=핵심어, 주요 단어(뜻을 밝히는데 열쇠가 되는 중요하고 핵심이 되는 말)

테이크아웃(takeout)=음식을 포장해서 다른 곳

에서 먹는 것, 사 가지고 갈 수 있는 음식을 파
는 식당

트랜스 젠더(transgender)=성전환 수술자

트릭(trick)=속임수, (골탕을 먹이기 위한) 장난

틱(tic)=의도한 것도 아닌데 갑자기, 빠르게, 반복
적으로, 행동을 하거나 소리를 내는 것

파라다이스(paradise)=걱정 근심 없는 천국

파이터(fighter)=싸움꾼, 전투원, 전투기

파이팅(fighting)=싸움, 전투, 투지, 응원하며 잘
싸우라는 뜻으로 외치는 소리

팔로우(follow)=따라가다, 뒤따르다. 사진 글 등
을 계속해서 보겠다는 뜻. 유튜브의 구독 같은
개념. 블로그에서는 이웃추가. 또는 친구추가
와 같은 말

팔로워(follower)=팔로우(follower)를 하는 사
람. 추종자, 신봉자, 팬 등의 의미. 어떤 사람의
글을 받아보는 사람

패널(panel)=토론에 참여하여 의견을 말하거나,
방송 프로그램에 출연해 사회자의 진행을 돕는
역할을 하는 사람 또는 그런 집단.

패러독스(paradox)=역설, 옳은 것으로 보이나

이상한 결론을 도출하는 주장, 논리적 모순 논
증.

패러다임(paradigm) = 생각, 인식의 틀, 다양한
관념을 서로 연관시켜 세우는 체계나 구조를 일
컫는 개념.

패러디(parody) = 특정 작품의 소재나 문체를 흉
내 내어 익살스럽게 표현하는 수법 또는 그런
작품. 다른 것을 풍자적으로 모방한 글, 음악,
연극 등

팩트 체크(fact check) = 사실 확인

팬덤(fandom) = 특정 사람, 팀, 스포츠 등의 팬 들

퍼니(funny) = 재미있는, 익살맞은, 우스운, 웃기
는

퍼머먼트(permanent make-up) = 성형 수술, 반
영구 화장: 파마(= 펌, perm)

포랜식(frensic) = 법의학적인, 범죄과학수사의,
법정 재판에 관한.

포럼(forum) = 공개 토론회, 공공 광장, 대광장,

푸쉬(push) = 민다, 힘으로 밀어붙이다. 누르기

프라임(prime) = 최상등급. 주된, 주요한, 기본적
인

프랜차이즈(franchise)=특정한 상품이나 서비스를 제공하는 주제자가 일정한 자격을 갖춘 사람에게 일정지역에서의 영업권을 줌.

프레임(frame)=틀, 뼈대 구조

프로테스탄트(protestant)=신교 교도(16세기 종교개혁 후 로마 가톨릭에서 분리된 기독교단체)

프로슈머(prosumer)=생산자이자 소비자.

프리덤(freedom)=자유, 자유로운 상태

피드백(feedback)=되알림, 상대방에게 그의 행동 결과에 대한 정보를 제공해 주는 것

피케팅(picketing)=특정 주장을 알리기 위해 그 해당 내용을 적은 널빤지를 들고 있는 행위

피톤치드(phytoncide)=식물이 병원균·해충·곰팡이에 저항하려고 분비하는 물질. 심폐기, 기관지 천식과 폐결핵 치료, 심장강화에 도움이 된다고 알려짐.

픽쳐(picture)=그림, 사진, 묘사하다

필리버스터(filibuster)=무제한 토론. 의회에서 합법적 수단으로 의사 진행을 지연시키는 토론

하드(hard)=엄격한, 딱딱함, 얼음과자

하드커버(hard cover) = 두꺼운 표지(반대 소프트 커버)

헌터(hunter) = 사냥꾼

헤드트릭(hat trick) = 축구와 하키에서 한 선수가 한 경기에서 3골 득점하는 것

호모 사피엔스(homo sapiens) = 지혜가 있는 사람이라는 뜻. 사람 속(homo)에 속하는 생물 중 현존하는 종만을 가리키는 것으로, 인류의 진화 단계를 몇 가지로 구분하였을 때 가장 진화한 단계임

휴먼니스트(humanist) = 인도주의자

해킹(hacking) = 남의 컴퓨터 시스템에 무단으로 침입하여 데이터와 프로그램을 없애거나 망치는 일

해커(hacker) = 해킹(hacking)을 하는 사람

울타리 문학 · 예술 플라자

글벗문학마을을 **울타리글벗문학회로** 개칭하고
〈울타리 문학·예술 플라자〉를 개설합니다.

미등단 작가 작품도 받습니다.

- 스마트 시　 : 시 / 동시 (3편 12행 이내)
- 스마트 수필 : 에세이 / 칼럼(15매 이내)
- 스마트 소설 : 소설 / 동화(30매 이내)
- 스마트 음악 : 찬송시 / 가요 (1편)
- 스마트 미술 : 만평 / 만화 (1편)

　제출 창작품은 심사 후 울타리에 게재하고 게재집
필자는 울타리글벗문학회 회원으로 모시고 울타리 10
부를 드립니다.**(원고 보낼 때 연락처 명기)**

작품 제출은 다음을 참작하시기 바랍니다.

우편 04116
서울특별시 마포구 신촌로 270(아현동) 수창빌딩 903호
도서출판 한글
* E-mail : simsazang@daum.net
* **카카오토크 〈울타리〉에 가입 후 작품 발송도 됨.**

한국출판문화수호 지킴이

별꽃

김은주

하늘에서 떨어진 작고 예쁜 별꽃
들녘에 혼자 앉아 노래하는 너

비바람에도 넘어지지 않고
예쁘게 춤추며 생글생글 웃는 너

잡초로 오해 받지만
잡초 아닌 비밀 약초인 너

별꽃이 내게 속삭이는 말
"쪼맨한 이쁜이, 너도 별이야"

김은주

2012년 한국 청주대학교에서 사회복지학 석사를 마치고, 2014년부터 2022년까지 뉴질랜드에서 9년간 자비량 선교를 하면서 전문인 선교사의 길을 걸어왔다. 선교 현장에서 다양한 사역 경험을 바탕으로 2020년 미국 미주장로회신학대학교에서 목회학(M.Div)을 전공하였고, 2022년 전문인 선교사의 경험을 바탕으로 "선교학적 관점에서 본 선교사 탈진에 관한 비평적 통찰"이라는 논문으로 박사 학위(Ph.D.)를 받았다.

주님 따라 살리라

성령님의 영감 받아 입술로 찬송하며 문자로 옮김

이상열

믿음으로 나 주님 따라 살리라
험한 시련에서 구해 주시고
악한 시험에서 구해 주시는
만복의 근원이신 주님만 찬송하리

소망으로 나 주님 따라 살리라
극한 고난에서 건져 주시고
검은 유혹에서 지켜 주시는
창조의 주인이신 주님만 찬양하리

사랑으로 나 주님 따라 살리라
심한 고통에서 고쳐 주시고
허탄한 욕심에서 건져 주시는
생명의 근원이신 주님만 찬미하리

성령으로 내 주님 따라 살리라
슬픔에서 기쁨으로 인도하시고
죄에서 멀리 떠나 지켜 주시는
영혼의 구원이신 주님만 송축하리

이상열

「수필문학」 등단
저서 「기독교와 예술」외 다수,
수필집 「우리 꽃 민들레」 한국문인협회 회원, 바기오
예술신학대학교 총장 역임, 한국문화예술대상, 환경
문학상, 현대미술문화상 외
극단 '생명' 대표/상임연출, 로빈나문화마을 대표

대자연의 품에 안긴 우리는 하나

4대문과 보신각

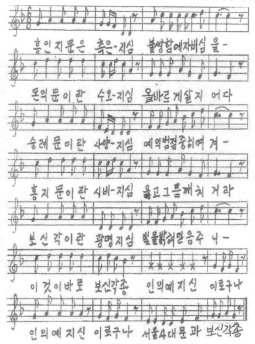

심광일 작사 작곡

흥인지문은 측은-재심 불쌍함에자비심 을-

돈의문이란 수오-지심 올바르게살지 어다

숭례문이란 사양-지심 예의범절중히여 겨-

홍지문이란 시비-지심 옳고그름께쳐 거라

보신각이란 광명지심 빛물밝혀랴랑음주 니-

이것이바로 보신각종 인의예지신 이로구나

인의예지신 이로구나 서울4대문과 보신각종

심광일

한국아동문학연구회이사
한국동요음악협회 사무국장, 부회장 역임
전국아버지동화구연대회 대상 (문광부장관 상)
한국아름다운 글 문학상 수상, 한국동요음악대상
(작사부문) 동시집 「그래 나는 바보다,」
장편소설 「아버지의 눈물」

오체서예

이병희

穆如淸風(목여청풍)

穆-화목할 목 如-같을 여
淸-맑을 청 風-바람 풍

-心思(심사)와 言行(언행)이 溫化(온화)한 모습
생각하는 마음과 언행이 온화한 모습
◈온화하기가 부드럽고 맑게 부는 바람과 같다

崇德廣業(숭덕광업)

崇-높을 숭 德-큰 덕
廣-넓을 광 業-업 업

✿'崇德廣業'은 덕을 쌓고 업무에 정진하는 삶
 의 지혜
 -덕을 높여 사업을 번창케 한다
 -덕을 쌓고 선행을 베풀면, 사업은 진로 번
  창하게 된다는 의미로도 해석한다

183

< ㅊ >

天崩之痛
천 붕 지 통

제왕이나 아버지의 상사를 당한 슬픔.

天崩之痛

泉石膏肓
천 석 고 황

자연을 즐기고 사랑하는 마음이 정도에 지나쳐 마치 고치기 어려운 중병에 걸린 것 같음.

泉石膏肓

千辛萬苦
천 신 만 고

마음과 몸을 무한히 수고롭게 하고 애씀.

千辛万苦

天壤之判
천 양 지 판

하늘과 땅 차이. 곧 아주 엄청난 차이.

天壤之判

千仞斷崖
천 인 단 애

천 길 낭떠러지.

千仞断崖

千言萬語
천 언 만 어

수많은 말.

千言万语

天衣無縫
천 의 무 봉

시문이 흠 없이 잘됨 또는 꿰맨 자리가 안 보이듯 허물할 데가 전혀 없이 완전함.

天衣无缝

天人共怒 천 인 공 노	하늘과 사람이 함께 노함. 누구나 분노를 참을 수 없을 만큼 극히 악함. 天人共怒
千紫萬紅 천 자 만 홍	울긋불긋한 여러 꽃 또는 그 색 . 千紫万红
千載一遇 천 재 일 우	천년에 한번 만남. 좀처럼 얻기 어려운 좋은 기회 千载一遇.
天井不知 천 정 부 지	하늘이 높이를 잴 수 없이 높듯 가치가 한없이 높음. 天井不知
千秋萬歲 천 추 만 세	오래 살기를 축수(祝壽)함. 千秋万岁
淺學菲才 천 학 비 재	학식이 얕고 재주가 보잘것없음. 자기의 학식을 겸손히 낮추어 이름. 浅学菲才
徹頭徹尾 철 두 철 미	처음부터 끝까지 철저함. 彻头彻尾
鐵石肝腸 철 석 간 장	철이나 돌 같은 간과 창자. 굳고 단단함. 铁石肝肠

鐵中錚錚 철 중 쟁 쟁	동류 가운데서 가장 뛰어남. 铁中铮铮
清廉潔白 청 렴 결 백	마음이 맑고 염치를 아는 깨끗함. 清廉洁白
青雲萬里 청 운 만 리	중국에서는 신선이나 천자가 될 사람이 있는 곳에 오색구름이 뜬다는 데서 유래. 원대한 포부와 이상. 青云万里
青天白日 청 천 백 일	맑게 갠 하늘에서 밝게 비치는 해. 아무 잘못도 없이 결백함, 또는 무죄를 가리키는 말로 쓰임. 青天白日
青天霹靂 청 천 벽 력	맑게 갠 하늘에 날벼락. 뜻밖에 크게 변을 당함. 青天霹雳
青出於藍 청 출 어 람	쪽에서 나온 푸른빛이 쪽보다 더 푸르다. 제자가 스승보다 월등함. 青出於蓝
草露人生 초 로 인 생	풀끝의 이슬같이 덧없는 인생 草露人生

草綠同色 초 록 동 색	같은 패거리들이 자기들끼리 어울림. <div align="right">草綠同色</div>
草木皆兵 초 목 개 병	초목이 모두 적군처럼 보임. <div align="right">草木皆兵</div>
焦眉之急 초 미 지 급	눈썹에 불이 붙은 듯 매우 위급함. <div align="right">焦眉之急</div>
楚材晉用 초 재 진 용	초나라의 목재를 진나라가 쓴다는 뜻으로 자체 안에서는 그 가치를 알아주지 않아 남이 그것을 이용함. <div align="right">楚材晋用</div>
初志一貫 초 지 일 관	처음에 세운 뜻을 끝까지 밀고 나감. <div align="right">初志一貫</div>
針小棒大 침 소 봉 대	작은 일을 크게 과장(誇張)하여 말함. <div align="right">針小棒大</div>
蜀犬吠日 촉 견 폐 일	촉나라 개가 해를 보고 짖는다. 식견 좁은 인물이 견문 넓은 인물을 비난함. <div align="right">蜀犬吠日</div>
醉生夢死 취 생 몽 사	가치 있는 삶을 살지 못하고 아무렇게나 살다가 죽음. <div align="right">醉生梦死</div>

寸鐵殺人 촌 철 살 인	작은 송곳으로 사람을 찔러 죽이듯 간단한 말로 상대의 약점을 찔러 꼼짝 못하게 함. 寸铁杀人
秋風落葉 추 풍 낙 엽	세력이나 형세가 갑자기 기울어짐. 秋风落叶
春秋筆法 춘 추 필 법	대의명분을 밝히는 사필(史筆)의 준엄한 논법. 春秋笔法
春雉自鳴 춘 치 자 명	봄의 꿩이 스스로 짖는다. 묻지도 요구하지도 않은 말을 함을 이름. 春雉自鸣
春風秋雨 춘 풍 추 우	봄에 부는 바람과 가을에 내리는 비. 곧 지나가는 세월을 의미함. 春风秋雨
忠言逆耳 충 언 역 이	좋은 말은 귀에 거슬림. 忠言逆耳
癡人說夢 치 인 설 몽	바보에게 꿈 이야기를 해준다는 뜻. 곧 어리석기 짝이 없는 짓의 비유. 종잡을 수 없이 지껄임. 상대방이 이해하지 못하게 주절거림. 痴人说梦

置之度外 치 지 도 외	내버려두고 상대하지 않음. 置之度外
七步之才 칠 보 지 재	일곱 발을 옮기는 사이에 시를 지을 수 있는 뛰어난 글재주. 七步之才
漆室之憂 칠 실 지 우	노나라의 미천한 부인이 어두운 방에서 나랏일을 걱정했다는 고사. 제 분수에 넘치는 쓸데없는 걱정을 함. 漆室之忧
七顚八起 칠 전 팔 기	여러 번 실패해도 굽히지 않고 다시 일어남. 七顚八起
七顚八倒 칠 전 팔 도	어려운 고비를 많이 넘김을 가리킴. 七顚八倒
七縱七擒 칠 종 칠 금	제갈량이 남만왕 맹획을 일곱 번 잡았다 놓아 줌. 七纵七擒
沈魚落雁 침 어 낙 안	물고기가 물속으로 숨고 기러기가 날다가 떨어지게 할 만큼 아름다운 여자. 沈鱼落雁

중국간자(2)

구	龟	龜=거북 구(귀)	
국	国	國=나라 국	国歌/国民/国庆日
군	军	軍=군사 군	军士/军律/军队
궁	穷	窮=다할 궁	穷色/穷子/穷乏
귀	归	歸=돌아갈 귀	归国/归乡/归来
궤	轨	軌=길 궤	轨度/轨道
극	剧	劇=심할 극	演剧/活剧/剧场
	极	極=다할 극	极度/至极/极限
기	机	機=틀 기	机械/机长/飞行机
	弃	棄=버릴 기	抛弃/弃儿/弃权
	几	幾=기미 기	几何/几微/几死
	饥	饑=주릴 기	饥饿/虚饥/饥死
권	权	權=권세 권	权力/执权/权势
	劝	勸=권할 권	劝勉/劝奖/劝告
나	罗	羅=벌릴 라	网罗/全罗/罗州
난	难	難=어려울 난	难处/难关/艰难
납	腊	臘=섣달 납(랍)	旧腊
라	罗	羅=벌릴 라	网罗/罗州
낙	诺	諾=승낙 락	许诺
	骆	駱=낙타 낙	骆驼
	乐	樂=즐길 락(악)	娱乐/喜乐/音乐
난	兰	蘭=난초 난	兰草/兰香/洋兰
	栏	欄=난간 난	栏干/栏上
람	览	覽=볼 람	观览/回览/阅览
	蓝	藍=쪽 남	蓝色/青出於蓝

로	劳	勞=일할 로	劳动/勤劳/劳赁
	炉	爐=화로 로	火炉/炉边/熔矿炉
록	彔	錄=기록 록	纪彔/手彔/备忘彔
농	农	農=농사 농	农业/农夫/农事
롱	泷	瀧=비올 롱	
	珑	瓏=옥 소리 롱	
료	疗	療=병 고칠 료	疗养/治疗/医疗
	辽	遼=멀 료	辽远
룡	龙	龍=용 룡	龙虎/飞龙/龙颜
루	泪	淚=눈물 루	感泪/玉泪/落泪
	垒	壘=진 루	堡垒/
류	刘	劉=죽일 류	
	浏	瀏=맑을 류	
리	离	離=떠날 리	离别/离乡/距离
	异	異=다를 리	异乡/异变/异质
린	邻	隣=이웃 린	爱邻
다	团	團=둥글 단	团体/团结/团长
	断	斷=끊을 단	断定/断情/断乎
	坛	壇=단 단	祭坛/讲坛/坛上
당	当	當=당할 당	当国/当身/当选
	党	黨=무리 당	党员/政党/党首
달	达	達=통달 달	达成/导达/通达
담	谈	談=말씀 담	谈话/对谈/谈论
	昙	曇=흐릴 담	昙天
대	对	對=대할 대	对话/对敌/对酌

이상열	박주연	이용덕
강갑수	박찬숙	이채원
권종태	박 하	임성길
권명숙	방병석	임준택
김꽝일	배상현	임충빈
김대열	배정향	전형진
김명배	백근기	전흥구
김무숙	손경영	정경혜
김미정	신건자	정기영
김복희	신성종	정두모
김상빈	신영옥	정연웅
김상진	신외숙	정태꽝
김연수	신인호	조성호
김성수	심꽝일	주현주
김소엽	심만기	진명숙
김순덕	심은실	최강일
김순찬	안승준	최명덕
김순희	엄기원	최신재
김승래	오연수	최용학
김어영	유영자	최원현
김영배	이건숙	최의상
김영백	이계자	최창근
김예희	이동원	표만석
김정원	이병희	한명희
김홍성	이상귀	한평화
남창희	이상인	허윤정
남춘길	이상진	김예희
민은기	이석문	성용애
박경자	이주형	이선규
박영애	이소연	
박영률	이진호	

스마트 북 11집
복숭아 울타리
발행에
후원하신 분들

이상열	200,000
이계자	100,000
최강일	50,000
조성국	50,000
김미정	40,000
전형진	14,000
김영배	30,000
임준택	40,000
성용애	100,000
권명순	30,000
신영옥	50,000
김영백	30,000
정태광	40,000
신인호	50,000
이건숙	50,000
신성종	50,000
최의상	50,000
방병석	100,000
한평화	20,000
정연웅	100,000
김어영	30,000
심만기	50,000
최명덕	200,000
김순덕	50,000
전철맨	20,000
심현산	50,000